愛を言祝ぐ神主と大神様の契り
あいをことほぐかんぬしとおおかみさまのちぎり

愛《あい》を言《こと》祝《ほ》ぐ神《かん》主《ぬし》と大《おお》神《かみ》様《さま》の契《ちぎ》り

真《ま》式《しき》マキ

ILLUSTRATION：兼《かね》守《もり》美《み》行《ゆき》

愛を言祝ぐ神主と大神様の契り

LYNX ROMANCE

CONTENTS

愛を言祝ぐ神主と大神様の契り

数式で示せるような物事が好きだ。

ボールを投げるとなぜ落ちるの？　乾電池を入れると電球が光るのはどうして？　じゃあ、重力とか電気とかって、なに？

小さなころからそんな疑問をまわりの大人にぶつけては、困ったような顔をされていた。小難しい理論を子どもに教えてもわかるまいと思ったのか、そもそも彼らにとってそれらの事象は理屈で語るものではなかったのか。いずれにせよ、納得できる答えが得られなかったから知りたくなった。

プラス、マイナス、イコール、そうしたもので成り立つ世界で生きていたかったのだ。どんな環境で育とうとなにを教えられようと、やはり神様なんて曖昧な存在は理解できないし、神職であるという確たる自覚もない。

「そのおれがなんで、こんな田舎の神社に……」

慎重にハンドルを切りながら、春日《かすが》は独り言《ひとご》ちた。五月半ばの正午前、新緑も眩《まぶ》しい山のあいだに位置する村はどこを見ても田、田、たんぼばかりだ。田植えの真っ最中らしい水田は陽《ひ》の光を跳ね返してきらきらと輝いており、はじめて目にしたのどかな眺めは美しい。

とはいえ、その光景に見蕩《みと》れている余裕などはなかった。途中までは無駄に広かった車道はいつのまにか舗装さえもされていない細道に変わり、油断をするとうっかり脱輪しそうになる。ろくにスピードも出せない。

これで国道なのかとぼやきたくなるような、というより実際ぶつぶつとひとり文句を口に出しつつ車を走らせどれほどたったころなのか、ようやく目的地が見えてきた。まさに田舎村の村長宅といった木造平屋の農村住居が建っている。

帰ろうと思えば帰れるのだ。さっさとUターンしてしまえばいいだけだ。しかし、ぜひにと頼まれるといやとは言えない、生まれてからこちら二十四年の歳月をかけて培われた性分は、そう簡単には変わらない。

村長宅には門がなかった。背の低い石垣で敷地と道が隔てられているだけで、入り口は車が二台悠々とすれ違えるほどには広い。都会暮らしの春日には見慣れない造りだ。防犯意識のかけらもない住まいだなと少々驚き、また、そんなものは必要ないほどこの農村は平和なのかと若干感心した。

門もないのだから当然チャイムなんてものもない。大声で呼んだところで家人に届くかどうかはあやしいところだ。とりあえずと砂利を鳴らしつつ、入り口からゆっくり車を入れてみる。

敷地内にはぱっと見ただけでも四、五棟の建物があった。まず道からも見えた大きな母屋、あとは倉《くら》に、納屋か作業場？　あっちの横の小屋はなんだ？　それから庭と畑、丸太置き場か。田舎の家など縁もないのでなにがなんだかわからないが、とにかくぐるりと眺めただけでは把握できないくらいに広い。

今日からここで暮らすのだ、と思ったら、妙な脱力感に襲われた。徒歩五分でコンビニエンスストア、十五分も歩けばカフェにラーメン屋にスーパーマーケット、簡単に駅にも辿《たど》りつく。そんな当たり前だった日常にいますぐ、直ちに戻りたい。

「おやおや、神主様《かんぬし》かい？」

車の音を聞きつけたのか、母屋の表口からひとりの女性が姿を現した。年のころは五十ほどか、洒落《しゃれ》っ気《け》のない洋服の上に割烹着《かっぽうぎ》を身につけている。

時代が巻き戻ったような土地でもさすがに和装ではないのかと、なんとなくほっとした。それから、神主様、という呼称にどうにも居心地が悪くなる。

確かに自分はこんな田舎にある神社の面倒を見るためだけにやってきた。父親に指示され、加えて電話越しに村長にもどうかどうかと頼まれ断れなかった。つまりは神職として仕事に来たのだから間違いというわけではない。としても、いきなり神主様と声をかけられても戸惑う。

「こんにちは！　九条《くじょう》春日です。途中で道に迷って、約束の時間をちょっとすぎてしまいました。連絡しようにもこのあたり携帯通じなくて、すみません！」

窓を開け放った運転席から声を張って名乗ると、女性がぱたぱたと駆け寄ってきて頭を下げた。

「遠いところありがとうねえ。私は村長の家内で那須野夏子《なすのなつこ》です。夏生まれだからって夏子、単純すぎないかい」

「いえ。素敵な名前ですよ」

「あらまあ。さ、とにかく荷物を下ろして母屋に入ってくださいな。若いのはいまたんぼに出てるけど、旦那は神主様が来るのをいまかいまかと待ってたから」

フルネームを告げ九条か春日と呼んでくれとやんわり主張したつもりだったが、彼女にとっては、たとえラフなジーンズにシャツ姿でも春日が神主様であるのは変わらないらしい。なので深くは考えず、ただのわかりやすいニックネームであると自分を納得させることにした。

促されるままに駐車場ともいえないような敷地の端に車を停《と》め、後部座席に積んでいたトランクふたつを引っぱり出した。手ぶらで来てくれて構わないと言われていたので、馬鹿《ばか》正直に必要最低限の衣類と仕事道具くらいしか持ってこなかった。遊び場もなさそうな田舎の景色を目《ま》の当たりにし、せめてなにか暇つぶしになるものでも積んでくればよかったかと後悔してももう遅い。

ひとつ持とうと差し出された夏子の手を丁重に断り、両手にトランクをぶら下げて母屋の表口へ向かった。夏子が横開きの木戸を開けると、その向こうにはなんと土間が続いていた。

この時代に土間か。博物館か写真でしか見たことのないような家の造りに、密かに驚いた。

「いやあ、しかし綺麗《きれい》な神主様だねえ。神様も驚くよ。髪の毛もふわふわで、替えたばかりの茅葺《かやぶ》き屋根みたいな色だわ。しかも背が高いんだね、都会のひとはみんなそんなに格好いいのかい」

「ああこの色。小さいころから髪と目が茅色だって言われてきたんですけど、この土地に来てようやくなるほど茅葺きの色なんだなと実感しました。おれが住んでいるところではこういう屋根、なかなか見ないので」

夏子に続いて靴を脱ぎ、土間から板敷きの間に上がりながらたわいのない会話をした。綺麗だとか格好いいだとかのこそばゆい単語は流し、日本人にしては明るい髪色についてだけ触れ、これが元来の色であり染めているわけではないですよと暗に示す。別にヘアカラーをしていたって仕事に支障はないにせよ、田舎の村には少々なじまないかもしれない。

春日に合わせてなのだろう、夏子は方言ではなく標準語で話をしてくれた。しかしアクセントはしばしば都会と異なっていて、それがなんだか妙に可愛《かわい》らしく感じられる。

「あんた！　実《みのる》さん！　神主様が来てくれたよ」

大声で言ってから、夏子は板敷きの間から奥へ続く木の引き戸を開けた。その向こうには馬鹿馬鹿しいほど広い座敷があり、中央に置かれた大きな座卓に男がひとり座っていた。

見た感じ五十代半ばといったところか。村長にしては若い。前途有望な年代の人物に村を任せたということなのだろうが、それにしてもずいぶんと人望の厚い男なんだなと素直に感心した。

「いらっしゃい！　待ってたよ、このあたり道がよくないから、途中でたんぼに落っこちてないかとはらはらしてた。さあ、荷物置いて、座って。夏子、茶！　いいやつ、ほら伯父貴《おじき》がいつか置いてったやつ」

男はこれ以上なく嬉《うれ》しそうに破顔して、陽気な声でそう言った。一度電話で話をしたときにもずいぶんとフレンドリーな村長だと思ったが、実際こうして顔をつきあわせてみるとあのときの印象以上に気さくだ。

はいはいと返事をして夏子が去り、座敷はふたりきりになった。春日は慌ててふたつのトランクを置き深く頭を下げた。ぜひにと乞われて来た、とはいえ、年長者かつ村長、しかもこれからしばらく衣食住の世話にならねばならない屋敷の持ち主に礼儀を尽くすのは当然だ。

「九条春日です。いつかのお電話ではありがとうございました。未熟者ではありますがどうぞよろしくお願いします。父からもよろしくと」

「いいから。そういう堅苦しいのいいから。大体春日くんをここまで呼んだのおれだろう、無理やり来させたみたいでこっちこそ申し訳ない、どうぞよろしく。おれのことは那須野でも実でも好きに呼んでな。とりあえず、そこ、座って。そろそろ昼飯食いに若いのも戻ってくるし」

「あ。はい。では」

道々考えていた挨拶《あいさつ》を軽い調子で遮られ、肩から力が抜けた。神職として来たのは確かでも、那須野の砕けた態度を見る限り、常に神職でございますというかしこまった顔をしている必要はないらしい。

座卓の前、那須野の向かいに置いてあった座布団に座ると、夏子が座敷に現れふたりの前に茶を置きすぐにまた姿を消した。隣にいてもよさそうなのに単に村の長《おさ》へ場を任せたのか、女性は裏方というむかしながらの風習が残っているのかはよくわからない。

「恒明《つねあき》さんは元気かい。なんせ年に一回しか会えないから」

ふたりきりに戻った座敷でそう問いかけられた。恒明というのは春日の父親の名だ。促されて茶をひと口飲んでから単純に答えた。

「元気です。本当はもっとこちらにもうかがいたいのでしょうけど、どうにも見て回らなければならない社《やしろ》が多くてなかなか来られず、心苦しいと言ってました」

「恒明さんはいつも忙しそうだからなあ。まあでも、春日くんが来てくれたからもう安心だ。いや、実はこのごろちょっと困っててな。ウサギだのイノシシだのが畑に下りてきて作物を荒らすんだよ。あれこれとやれることはやってるが、やっぱり人間の力なんて小さなもんだから」

「……なるほど」

那須野の言葉に僅《わず》かばかり唇の端が引きつり、それをごまかすために努めて神妙な表情を作って頷《うなず》いた。とあるそこそこ大きな神社の宮司《ぐうじ》を務める父親は、兼任している山中の神社をひとつ任せるからしばらく村に住みついて修行してこいと春日に指示しただけで、その詳細までは語らなかった。害獣による農業被害。人間の力なんて小さなものだ。春日くんが来てくれたからもう安心？　つまり那須野は、神職である自分がいればその問題が解決されると思っているのか。本気でか？

村へ行けという話を父親から聞かされて、その日のうちに電話口で村長の那須野にも乞われ、さてどうしたものかと真剣に思考を巡らす間もなく気づけばここにいた。田舎への道中、ちょっと山を登ってささっと神社の面倒を見ていればお役も務まるかと楽観視していたが、どうやらそうもいかないらしい。

断るべきだったのだ。那須野のセリフを頭の中で反芻《はんすう》しながら、春日は腹の中で苦々しくそう呟《つぶや》いた。

父親にも思うところがあるのだろうと考えたら強くははねつけられないし、そのうえ他人からも頼られてしまえば無下にもできない。こんな性格は損なばかりだ。

数式で解けるような問題ならばいくらだって力になれるのに、ウサギやイノシシでは歯が立たない。神主様といっても専門知識を身につけただけのただの人間だ。なにができるわけもなし、それで村の住人をがっかりさせるなんて、仕事に取りかかる前から気が萎える。

しばらくのあいだ那須野の話す村の状況を、他にはどうにもできず相槌《あいづち》を打ちながら聞いていた。そうこうしているうちに表口の木戸が開く音がし、次いで数人の男の声が聞こえてきた。

「あんた。昼食だけど、こっちに運ぶかい？」

座敷への引き戸を細く開けて夏子が訊《たず》ねたので、那須野がなにかを言う前に慌てて「あまりお構いなく」と答えた。その春日を見て夏子はにっこり笑い、ひょいひょいと嬉しそうに手招いた。

「じゃあ、神主様もこっち来てみんなで食べましょ。今日の汁はうまいよ、油揚げたっぷり入れたからね」

はい、と返事をして那須野のあとから座敷を出た。連れていかれたのは最初に足を踏み入れた部屋とは違う板敷きの間で、中央には使い込まれた囲炉裏があった。

天井からつるされた自在鉤《かぎ》の先に大きな鍋がかかっているのを見て、少々驚く。こんなものは昔話の絵本の中にしか存在しないのだと思っていた。

「囲炉裏の火は一年中消さないんだよ。消すと茅葺きが湿気《しけ》って腐るからね」

きょとんとしている春日の表情をどう受け取ったのか、夏子は簡単にそう言った。この火には除湿、防腐の役割があるんですよという意味らしい。

それから夏子は土間を振り返り、ぞろぞろと屋敷に入ってきた三人の男に「ようやく神主様が来てくれたよ、ずっといてくれるんだよ」と春日を紹介して実に楽しげに笑った。

土で汚れた作業服を着たままの男たちは、まだ若かった。二十代から三十代後半ほどか。顔形から少なくとも全員が那須野の息子というわけではないだろうなと首をひねっていると、男たちを板敷きの間へ促しながら夏子がこれもまた簡単に説明した。

「忙しいときは近所が手伝いあうの。結《ゆい》っていうんだ。いまは田植えの時期だから、今週はこっち、来週はあっちって、若い働き手がみんなで助けあうんだよ。今週はうちのたんぼの番。ここに住んでる黒江《くろえ》は珍しい子で、白黒の黒に大きい川の江って書くんだけど、あれ、黒江はまだ来ないのかい」

「神主様か！　ようやく来てくれたのか、ありがとう。待ってたよ！」

そのとき男のひとりからがしっと手を摑《つか》まれたので、驚いてついびくっと肩を揺らしてしまった。子どもみたいに曇りのないきらきらとした目で見つめられ、表情に迷いつつ慌てて返事をする。

「あっ、の、こんにちは！　九条春日です。いたらぬ点ばかりですが、よろしくお願いします」

「なに言ってんだ、神主様がいてくれれば怖いことない。本当に助かった」

まだなにひとつ状況は変化していないのに、男は心底安堵《あんど》したような口調でそう言った。だから余計に参った。

こうも歓迎されこんなにも頼られると、正直困ってしまう。おれだってただの人間ですから、なにもできないですから、なんていまここで告げてはならないことはわかっていても、つい言いたくなった。

そのとき再度、表口の木戸が開く音が聞こえてきた。土間を歩いて姿を現したのは、他の三人とは明らかに雰囲気の異なるひとりの男だった。

黒髪に黒い瞳、顔立ちは優しげに整っており表情はいたって上品だ。そこそこ長身である春日よりも背が高い。年のころは三十歳くらいかそれよりは少し下か。他の男たちと同様に作業服を身につけてはいても、どこか都会的な、涼しげな空気をまとっているように感じられる。

「黒江、あんたまた花でも摘《つ》んでたのかい？」

夏子の呆《あき》れたような声に、黒江、と呼ばれた男はにこりと笑って答えた。

「ええ。畦《あぜ》のわきに菫《すみれ》が咲いていましたので、ちょっとだけ」

見れば黒江とやらの左手には紫色の小さな花が数輪咲いていた。なるほどこの男のイメージにマッチする花ではある。とはいえやはり、薄汚れた作業服を着た男が愛《いと》おしげに花を手にしている姿はなんとなく不思議だ。

夏子は「そんな花ならいつでも咲いてるだろうに」とぶつぶつ文句を言ってから、それでも怒りきれない、可愛いなという黒江への感情が筒抜けの困り顔で笑い、春日を振り向いた。

「神主様、こっち、うちの家に住みついてる黒江です。もともとは都会のひとなんだけど、農業をやってみたいからって、物好きにも村へ修行に来てるんだよ。うちは子どもがいないから助かるけど、この調子でやっていけるのかねえ」

「神主様？　ああ。そういえば来てくれるんだと聞いたような、聞いていないような」

「こら、黒江！　神主様にちゃんと挨拶しなさい」

ぴしりと夏子に叱られて黒江は小さく肩をすくめた。洗練された仕草は確かに都会暮らしに慣れている人間のものに思われる。

「どうも。僕は黒江です。山都《やまと》黒江。君の名前を訊《き》いても？」

穏やかな口調で問いかけられて、密かにほっと吐息を洩《も》らした。ようやくただのひと扱いされ、この村にも話が通じる人間はいるようだと安堵する。

少なくとも黒江は、神主様神主様と春日をありがたがるつもりはないらしい。出身が都会というのが関係しているのかいないのか、おそらくは神職とてただのひとであると理解しているからなのだろう。

今日何度目になるのか春日が名乗ると、黒江はやわらかく笑って「よろしく、春日くん」と言った。彼のいたって普通の反応に再度ほっとする。

那須野も同じく春日くんと呼んでくれはした。とはいえ、神主として来てくれと乞うた以上は当然春日にそれなりの働きを期待しているはずだ。つまり、現時点で春日をまったく特別視していないのは黒江だけということになる。

黒江のその態度をいくらか咎《とが》めはしたが、結局は諦めたらしく夏子は溜息《ためいき》交じりにみなを囲炉裏端へ座らせた。用意された昼食は梅干しの入った握り飯と味噌《みそ》汁、漬物のみと簡素なもので、それでも、優しい味の田舎料理は充分にうまかった。

食事の最中に那須野や夏子、男たちから村の現状を教えられた。代々の地主である那須野が先頭に立つ村は、長の才覚ゆえか農業のみでも取り立てて不自由なく暮らしていたらしい。しかしそれは過去形で、先ほども聞いた通り近年はウサギやイノシシといった害獣に田畑が荒らされ困っているそうだ。このままではいずれ収穫に深刻な影響が出るだろう。

「だから神主様、やつらをなんとかしてくれるよう大神様《おおかみ》に頼んでくれないか」

「大神様……ですか」

「山の神社には、山を守る大神様がいるんだ。おいそれとは近づくなって言い伝えがあるから、おれらではろくにお参りすることもできないんだよ」

先ほど手を握ってきた男の発言につい眉《まゆ》をひそめ、それから慌ててその表情を消し「とにかくやってみましょう」と言葉を返して頷いた。大神様か。天照大神《あまてらすおおみかみ》、大国主大神《おおくにぬしのおおかみ》、ではなく単に神の敬称なのか、あるいは別物？　父親は神社の詳細についてはなにひとつ説明しなかったので正体がわからない。

そもそも、いずれにせよそんな形なきものに害獣がどうこうできるとは考えられなかった。いくら宮司の息子であり神職の資格もあるとはいえ、春日は神様だのなんだのを理解し、心底から信奉しているわけではない。なにせ神社神道は数式で示せないのだ、よすがとするにはあまりにも曖昧な概念だと思う。

という持論を、こんなところで口に出すわけにもいかない。こうも信頼されているのだから、腹の中ではなにを考えていようと罪悪感に胃が痛もうと、彼らの求める神主様らしくふるまわなければならないだろう。たとえ現状が変わりはしないのだとしても、やれることだけはやる。

「じゃあ、おれはこれからまずその神社に行ってみます。簡単で構いませんから、地図を描いてもらえますか？」

食後春日がそう言うと、夏子は「ありがたいです、お願いします」と告げ、見ているほうが困るほど丁寧に頭を下げた。それから顔を上げて黒江の肩に手を置き、ぐいと春日のほうに押す。

「なら神社までこれに道案内させるよ。いくらか山を登るんで、はじめてだと地図だけじゃ多分辿りつけない。黒江、あんた失礼のないように神主様を連れていくんだよ」

「僕ですか？　午後は畦を整える予定なんですけど」

それまで黙ってまわりのやりとりを聞いていた黒江は、そこでようやく声を発した。夏子は「たんぼでの労働力なら、抜けても一番困らないのはあんただろ」と身も蓋もない意見を言って、追い立てるように黒江を囲炉裏端から立ちあがらせた。

「水筒と手ぬぐいと、あと神主様が山道で転ばないような靴を持ってきておくれ。いいかい、あんたを頼りにしてなけりゃこんな大役は任せないよ！」

「ああ。いや、頑張《がんば》ります。僕も春日くんと話してみたいし」

「神主様になにかあったら許さないからね、しっかりやるんだよ」

まさに、少々口うるさくも愛あふれる母親とその息子、といったやりとりがなんだか微笑《ほほえ》ましかった。黒江は那須野夫妻の子どもではないが、実の家族のように大事にされているのだなということはわかる。

いったん引き戸の奥へ消えた黒江が持ってきた靴を履き、水筒と手ぬぐいを手にぶら下げた彼と連れ立って母屋を出た。那須野と夏子に見送られふたり徒歩で敷地を出る。

屋敷から離れ那須野たちの姿が見えなくなったところで、ほっと肩から力が抜けた。それを察したのだろう、隣を歩く黒江がどこか楽しげに、それでも優しくこう声をかけてきたものだから、つい小さく声に出して笑ってしまった。

「春日くん。君、神様なんて信じてないみたいだね」

五月の山は新緑が美しく、生命の息吹を感じた。

とはいえ美しいだのなんだの暢気《のんき》な感慨に耽《ふけ》っている余裕はなかった。丸太やら石やらを組んで一応はひとが歩けるようにしてあるが、山道は山道、子どものころに遊んだアスレチックよりもよほどスリリングだ。時折滑って転びそうになり冷や汗が滲《にじ》む。

一方、先に立つ黒江には危なげな様子がまったくなかった。要所要所で春日に手を貸しながら、涼しい顔をして木々のあいだを歩いている。

都会から来たというわりにはずいぶんと慣れているではないか。この男には登山の趣味でもあるのかと、なんとか黒江のあとを追いつつどうでもいいことを考えた。

「神様を信じてるとか信じてないとか、そういうんじゃないんだ。ガキのころはともかく、いまのおれにはどうにもフィットしないってだけだ」

道々、初対面であるにもかかわらず黒江との会話は途切れなかった。軽く息を切らしながらも、なかなかに赤裸々な言葉のやりとりをする。黒江には、他人に警戒心を抱かせないやわらかな雰囲気と、相手のセリフの意図を正確に読む知性があるのだと思った。

「おれの父親は宮司だ。子どものころから神社はおれの庭みたいなものだった。だから嫌いじゃない、むしろ好きだ。でも、なんて言えばいいんだろうな、神社神道の考えかたってこう、理論とか数字で表せるものじゃないから、いまいちぴんとこないんだよ」

「そうか。なら、いまの春日くんにはなにがフィットして、どんな考えかたならぴんとくるんだい？」

「おれは数式で示せる事象が好きだ。投げたボールが落ちる理由も、電池で電球が光る理由もはっきりきっちり頭でわかる。おれはそういうのを理解したくて大学では物理をやってた」

黒江は春日の言い分に頷き、まず「確かにそうしたことわりには魅力があるね」と同意を示した。それから、呼吸を乱している春日のためにいったん足を止め、水筒を差し出しこう問うた。

「じゃあ、君はどうして神職になったのかな。やりたいことも知りたいことも他にあったんじゃないのか？」

　素直に冷えた茶を飲み、黒江に水筒を返して、ふ、と短く吐息を洩らした。そこそこ大胆なことを言うし訊きもするが、この男にはなぜかうっとうしい押しの強さを感じない。人柄なのかテクニックなのか、いずれにせよ彼の特性は好ましいものだった。

「ああ。神職に就いてくれと父親に頼まれてなあ。それまで好き勝手させてもらったし、お願いだからと言われたら断れない。しかたなく頷いたらあっというまに神道学専攻科に推薦書を出されて、一年通った。別に、八百万《やおよろず》の神に傾倒してなくたって資格は取れる」

「律儀な性格なんだね。この村に来たのも頼まれたから？」

「そうだよ。資格取ったあと一年くらい父親が宮司をしてる神社で見習いみたいな仕事して、まあそれなりに慣れてきたなと思ったらいきなりこの話が来た。ここ、父親が兼務してる神社なんだ。気乗りはしなかったけどこれも断れなくて、気づいたらいまここにいる」

　春日の返答に黒江は目を細めて笑った。呆れる、哀れむ、ではなくまさに、お疲れさま、といった表情だったので、無意識に再度の溜息が零《こぼ》れた。

　神主様神主様と歓迎され、さらには農業被害をなんとかすべく大神様に頼んでくれと訴えられた。那須野の屋敷では正直困惑しっぱなしだったが、この村には少なくともひとりは自分の心情をわかってくれる男がいるのだと思えばいくらかはほっとする。

　少しの休憩ののち、春日も落ち着いたと判断したらしく黒江はまた歩き出した。自由気ままに伸びる枝を払いながら彼が口に出した「君が人間サイドなら仲よくできそうだね」という言葉の意味がいまいちわからず首を傾《かし》げる。

「黒江さん。あんたも神を信じてないのか」

背を追いながら訊ねると、黒江は、ははは、と短く笑ってから軽やかな口調で答えた。

「いや？　僕は、どういう意味合いであれ神は存在すると思ってるよ。ただし、神と人間が共存できるとは考えていない。神は人間のお願いなんて聞いてくれやしないさ」

黒江のセリフは妙に哲学的で、難解だった。彼の言う、どういう意味合いであれ存在はする神とはなにを指しているのだろう。それこそ数式で表してくれねばわからない。

「信じてないやつと信じるやつが仲よくできるって？」

しばらく黙ってああだこうだと悩み、口に出せたのは結局はそんな単純な疑問のみだった。黒江は、注意力散漫だったせいでうっかりつまずきそうになった春日に手を差し出し、特に他意もないように優しく笑った。

「そうだ。なぜなら、僕も君と等しく人間サイドだから」

黒江の手を摑んでなんとか体勢を立て直し、一拍の間のあと曖昧に頷いた。彼の言葉の意味は相変わらずよくわからない。しかし、君には敵意も反感も抱いていませんよと彼が示していることは理解できた。ならばこの段階で下手《へた》に突っ込む必要もないだろう。

「さて、神社まで半分は来たかな。あと半分、大丈夫？」

そこで話題を変えて黒江はそう春日に声をかけた。山に入ってもう十五分か二十分は歩いているのにまだ半分か、と心の中でげんなりする。

「大丈夫だ。そもそも駄目と言ったってしかたがないしな」

努めて冷静に答えたつもりだが、黒江には心中の辟易《へきえき》が伝わってしまったらしい。宥《なだ》めるように「慣れればそう大変な道でもないから頑張って」と言って彼は朗らかに笑った。

しっかりとした足取りで山道を歩く黒江のあとを追いながら、この男はなぜ神社への道にこうも慣れているのだろうと少しばかり不思議に思いはした。途中で迷う様子は微塵《みじん》もないし、黒江はこの道をすっかり把握しているように感じられる。

山の神社にはおいそれとは近づくなという言い伝えがあるから、ろくにお参りすることもできないのだと那須野の屋敷で誰かが言っていた。参拝はできなくても様子くらいは見に行ったりするのか。都会から農業を習いに来た男、言ってしまえばよそ者がか？

ふと湧いた謎を、まあ黒江はきっと登山が趣味なのだろう、と先ほどと同じようなことを考えてさっさと捨てた。いまはそんな疑問などどうでもいい。問題なのは、まだあと十五分だか二十分だか山道を歩かなければ目的地に到達しないという無慈悲な事実だ。

五月の午後、見あげると、木の枝のあいだからよく晴れた青空が覗《のぞ》いていた。雲のひとつもないし、また、都会では常時肌にまとわりついてくる空気の濁りみたいなものもない。

しかしやはり綺麗だのなんだの感心する余裕もなく、春日はすぐに視線を目前の道に戻した。下手に油断をすると山の斜面を転がり落ちる。

自分はなかなかに厄介な仕事を引き受けてしまったらしい。じわりと増すその実感に無視できない苦渋が湧きあがってきて、山を登りながらなんとか気を奮い立たせようとしても、どうにもうまくいかなかった。


山道を三十分以上歩いて辿りついた神社は、ぱっと見た限り、意外にも雰囲気のよいものに感じられた。

もっと鬱々《うつうつ》と仄暗《ほのぐら》い場所なのかと想像していたのに、幾ばくかは拓《ひら》けた木々の合間に立つ小さな神社には、予想を裏切り清浄な空気が漂っている。

黒江は鳥居の前で立ち止まり、春日を振り返ってにこりと笑った。

「僕はこの神社が苦手だから外で待っていよう。花や野草を見てるから、休憩がてら君はここでのんびりしてればいいよ。暗くなる前には戻ってくる」

ろくにお参りもできないという村人の言葉は事実なのか。怖い、畏《おそ》れ多い、ではなく苦手だと表現するあたりはこの男らしいなと思いつつ頷いた。

すぐに背を向けて、ここまで以上にうっそうとした山道をさらに奥へと歩いていく黒江を呆れ半分、感心半分で見送った。それから春日はひとつ深呼吸をし、さて、と鳥居と向かいあった。

正直この場所でなにをすればいいのかわからない。形式通りに祝詞《のりと》のひとつも唱えたところで那須野たちの願いはかなうまい。だとしても、一応は神職として来たのだからやることはやる。そのためには正体不明の神社をまず検分しなければはじまらないだろう。

大きくも小さくもない鳥居は石造りの明神《みょうじん》系で、これといって特徴のない形状をしていた。見るだけで祭神の系統が推測できる類いの鳥居もあるが、残念ながらそう簡単に話がすむものではないらしい。

一礼してからそっと鳥居をくぐり境内《けいだい》に踏み込むと、左右に一対の狛犬《こまいぬ》が立っていた。これまた狛犬としては一般的な石造り、見るからに古い時代に作られたものなのに、形はまったく崩れていない。

村人は誰も手入れをしていないようだから、普通に考えれば雨風でもっと劣化しているはずだ。なぜこんなに綺麗なままなのだろうと眺め、そこで春日は二、三度目を瞬《また》かせた。

単なる狛犬、ではない。これは狼《おおかみ》か。つまりこの神社の眷属《けんぞく》は、狼なのか。いわゆるオオカミ信仰？

ようやく得心がいき、春日はひとりなるほどと頷いた。大神様がいると村に伝えられているのには、こういう理由があるわけだ。村人の言う大神様とはすなわち、オオカミ様だ。大神、イコール、オオカミ、狼だ。

オオカミ信仰はそう普遍的ではないが、さほど珍しくもないという印象がある。ある地域ではむしろ多い。その信仰における狼は神そのものではなく、神の眷属、神の使いだ。

この国において、とうに絶滅しているニホンオオカミは、かつて田畑を荒らす害獣を追い払ってくれる益獣とされていた。当然、益獣であると同時に狼は恐ろしい動物でもある。彼らが牙をむくのは害獣のみではない、人間にだって襲いかかるのだ。

狼のそうした、ひとを助けまたひとに畏れを抱かせる両面性こそが、信仰の対象となった要因だったのだろう。日本人の宗教観に合ったというべきか。

山に囲まれ田畑の広がるこの土地にも、その信仰は合致した。持ち込まれたものか自然と生み出されたものなのか、いずれにせよ村に根づき、そしていまになるまで大神様はここに住む人々に信じられている。

害獣に悩まされれば大神様になんとかしてくれと頼み込むため、その役割を担う神主様を呼び寄せるほどに、だ。

しばらくのあいだまじまじと狼の像を見つめてから、土で汚れた石畳の参道を進んだ。外から眺めて想像した通り神社はこぢんまりとしており、雑草が目立つ境内にあるのは拝殿のみで、裏に回ってみても本殿はない。

ということは、おそらくこの神社は山自体を神体としてまつっているのだろう。だからこそ神体を直接拝むための拝殿しかないのだ。

神社には山を守る大神様がいる。那須野の屋敷で聞いた話はなかなかに正確であったらしい。

さすがにジーンズとシャツというラフな格好で拝殿へ上がり込むのは気が引けたため、外部から観察するにとどめた。拝殿はやはりかなり古くに建てられたもののようだったが、造りはしっかりとしていて、大きな傷や腐食は認められなかった。

年に一度は父親が訪れていたはずなので、それなりに手入れはしていたのかもしれない。とはいえそんな頻度で見て回ったところで、この古めかしい建造物を衰えさせず維持できるものだろうかと不思議に思う。

なにが、とはっきりは言えなくても、なんだか奇妙な印象を受けた。まるでこの神社は何者かに守られているようだ。しかし、村人もおいそれとは近づけない、ろくにお参りもできない場所をいったい誰が守るというのか？　いまいちこの神社の実態が把握できない。

すべてが理屈で納得できるような要素がどこかに隠されていないだろうかと、ひとりでうろうろ境内を歩き回る。すると、そこで不意に、背後からこう声をかけられたものだから、飛びあがるほどびっくりした。

「誰だ」

一瞬息が止まった。低い声は黒江のものではない。思わず硬直してから慌てて振り返ると、少しの距離を置いてひとりの男が立っていた。

ますます目を見張ってしまった。男は、浮世離れしている、と表現するしかないような姿をしていた。

白い。真っ白だ。

まず、真っ先に目を引く腰ほどまである長い髪が、白い。加齢による白髪というのではなく、明らかに色素が薄い、あるいは欠くからこその白さだ。肌もまた白く、昼の陽に照らされる瞳の色が赤いので、アルビノか、それに近い因子を持っているのかもしれない。

身につけているものはこれもまた真っ白な装束だった。狩衣《かりぎぬ》だ。烏帽子《えぼし》はなく笏《しゃく》も手にしていないが、仕事中の神職でもなければ常装とはしないだろう。袴《はかま》まで白いのは身分がどうとか浄衣《じょうえ》だとかいう意味ではないと思う。

そもそもこの男は神職ではあるまい。父親もなにも言っていなかったし、もしそんな人物がいるのなら、春日が神主としてこの土地に呼ばれる理由がないのだ。つまりこの男にとっては、白い狩衣は単なる普段着というわけだ。

年齢は三十をすぎたくらいか。背が高い。充分長身だと思った黒江よりもまだ高いかもしれない。そしてなにより男の造作が、かつて見たこともないくらいに、大げさに言えばこの世のものとは思えぬほどに、美しかった。

何者だ。大体なぜこんなところにそんな格好をした人間がいる？　混乱する頭で必死に考えてもまったく意味がわからない。

男はしばらく黙って真っ直《ま》ぐ《す》に春日を見つめていた。それから、相手が咄嗟《とっさ》の返事もできないことを見て取ったのか微《かす》かに笑って続けた。

「そうか。口もきけない供え物か」

男の言葉がすぐには咀嚼《そしゃく》できず供え物供え物と何度か頭の中でくり返し、少ししてようやく、どうやらからかわれているらしいと理解した。

こうなると負けず嫌いの気が騒ぐ。驚愕《きょうがく》は押し殺し、低く問い返した。

「おれは今日からこの神社を任された神職だ。山麓の村から来た。不審者にしか見えないが、あんたこそ誰だ？」

それでも、隠しきれない動揺のせいで声は僅かばかり掠《かす》れてしまった。情けない。顔をしかめる春日がおかしかったのか男はまた少し笑い、いやに尊大な口調でこう答えた。

「私は神の身内だよ。不審者というのなら、おまえのほうがよほどそれらしいな」

「……神の身内？」

つい、ますます眉をひそめて男をじっと見た。彼がなにを言いたいのかさっぱりわからない。不審を通り越して不敬ではないのか。神職のくせに神の存在を理解していないとはいえ、その身内をかたるとはずいぶん厚かましいと、さすがに若干の苛立《いらだ》ちを覚える。

男は春日の内心を正しく把握したようだった。まずわざとらしく、は、と呆れを示す吐息を洩らし、それから視線を鳥居の方向へ振った。

「そう。私は、あれだ」

男が真っ直ぐに指さしたのは、二体のうち一方の狛犬、ではなく狼の像だった。

私はあれだ？　余計に言葉の意味が読み取れなくなり、しかめ面からぽかんと口を開けた間抜け面になってしまった。つまりこの男は、おのれは神の眷属たる狼であると言っているのか。どこから見てもひとの姿をしているのに？　相手を煙《けむ》に巻きたいのか、あるいはやはり揶揄《やゆ》しているのか、彼の発言の意図がまったくもってわからない。

長い指で男が示した狼の像をまじまじと見つめていたら、そこでまた不意に、今度は周囲の空気が変わるのを感じた。

それははっきりとした変化だった。自分を取り巻いている気体の組成が揺れる、気配から澱《おり》が消える。どう表現すれば正確なのかはわからないが、単純に言えば、ふっと清廉な雰囲気が押し寄せてきて心身まで浄化されるような感覚だ。

次の瞬間に境内へ真っ白な霧が立ちこめた。狼の像も、鳥居も、というよりすべての景色が白一色で塗り潰されてなにも見えなくなる。

あまりに不可思議な現象に瞼《まぶた》を伏せることもできなかったし、身動きすることもかなわなかった。いくらかの間のあと霧が薄まり、それにつれてクリアになる視界に、境内が徐々に形をなしてくる。その様子を目のあたりにし、春日は再度、声も出せないほどに驚愕した。

神社の姿は一変していた。

美しい。敷地の広さや構造はそのままでも、様相がまったく異なる。あちこちに顔を出していたはずの雑草は一本たりとも見当たらず、石畳の参道やそのまわりは丁寧に掃き清めたかのように整っている。古めかしかった狼の像も鳥居も、まるでいま建てられたばかりのごとくまっさらで、傷どころか汚れのひとつもない。

明らかに、自分は先ほどとは違う場所にいる。いや、そうではないのか。同じ場所でありながら、境内がそっくり違うものに変わっている？

しばらく呆然《ぼうぜん》と立ち尽くしたあと、春日ははっと背後を振り返った。目に映ったのはやはり丁寧に手入れされ磨きあげられた、ついいましがたまで見ていたものとはありさまの異なる美しい拝殿と、その前に立っているあの謎めいた男だった。

彼だけは先と同様の姿をしていた。真っ白で美しく、その表情はどこか不遜で、また、赤い瞳には僅かばかり相手をからかうような色がある。

ああ、この男は変わらないのだと、それに妙にほっとしたのはなぜなのか。

「……ここは、どこだ」

からからに渇いた喉《のど》からなんとか声を絞り出した。男は目を細めて幾ばくかの笑みを浮かべ、「おまえが任された神社だろう？」と平然と答えた。

「……違う。さっきまでいた神社じゃない。おれがいたのは、もっと古くて、雑草だらけの、誰も参拝しない寂れた神社だ。だって、こんなの、全然違うだろ」

うまい言葉も思いつかぬまま、喋《しゃべ》りはじめたばかりの子どものようにつかえつかえ春日が否定を示しても、男の涼しい顔は変わらなかった。

「そうか？　私がよく知るのはこの通り、清らかで美しく神をまつるに相応《ふさわ》しい神社だ。まあ少し遊びはしたがね」

「違うぞ。おかしい。なにが起こってる？　これは蜃気楼《しんきろう》か幻か？　おい、遊びはしたってなんだ。本当の神社はどこに行った？」

「本当の、か。さて本来あるべき神社の姿ははたしてどちらなのか」

懸命に言いつのった春日に、男はやはりさらりとそう返した。そのセリフにぞくっと、なんともいえない感覚がこみあげてきて鳥肌が立つ。

——本来あるべき神社の姿ははたしてどちらなのか。

男はその答えをもちろん知っているのだろう。では、本来あるべき神社の姿とは、なんだ？　腐っても神職なのだから、男の言わんとしている内容がまったく理解できない、心に届かない、そんなのは別にどうでもいいと鼻で笑えるわけではない。

わからない、フィットしない、とはいえ幼いころから慣れ親しんできた神の社に立てば肌で感じるものはある。

清らかな空気が充《み》ちる、いまいるこの美しい場所こそが神をまつるに相応しい、男の言う本来あるべき姿をした神社か。

「それで、おまえの名は？　神職というのは事実なのか。とてもそうは見えないな」

身体を強張《こわば》らせている春日に問いかける男の態度は相変わらずだった。動じていない、動じている相手を特に宥めもしない、ただ当たり前のように平然とそこに立っている。

その姿になんだかすっと警戒心が逃げていくのを感じた。この正体不明な男には、見る限りこちらを害するつもりはないようだ。ならば一方的に噛《か》みついてもしかたがないか。なにより、きゃんきゃんわめいてみたところでこの不可解な現状は変わらないのだろうし把握もできない。まずこの男と意思の疎通を図らねば進展のないままだ。

「……春日だよ。神職ってのは嘘《うそ》じゃない。残念ながら敬虔《けいけん》とは言えないが」

素直に正直に名乗ったら、男はふと微かに先ほどまでの揶揄とは違う、ただ単純に楽しそうな笑みを浮かべた。

「なるほど、潔い神主だな。まあ神職が敬虔であろうとなかろうと構うまい。無理に頭へ叩《たた》き込み途中でほころぶくらいならば、はじめから信仰心などないと自覚していたほうがよほど健全だ。いずれ自然と身につく日も来るだろう。そうは思わないか？　春日」

男が発した言葉に若干うろたえた。これもまた、彼がなにを言いたいのだか大まかには理解できた、だからこその狼狽《ろうばい》だ。

この男は、神社がどうこうと語る同じ口で神職に敬虔さは求めないと告げるのか。そして、楽しげな微笑を浮かべ春の風のごとくあっさりと、そんな不良神職の名を呼ぶのか。

妙な男だ。お偉そうなのだか心やすいのだか、嫌みったらしいのか彼なりに状況を面白がっているだけなのか、いまいちわからない。過去にはあまり出会ったことのない、おかしな人物だと思う。

それから気を取り直して、半ば固まっていた足でなんとか男に歩み寄り、目下の最重要事項を口に出した。

「おい。そんなことよりこの状況を説明してくれ。まるで異世界にでも飛ばされたみたいじゃないか、あんたがなにかしたんだろう？　曖昧な言葉でごまかさないで、理屈でわかるように言え」

「理屈か。少々面倒だな。異世界に飛ばされたようだというのなら、それでいいのではないか？　おまえは私によって異世界に飛ばされた。目の前にあるものをただ受け入れたらどうだ」

「だから、曖昧なのはおれはわからん。異世界でいいっていうのなら、この異世界とやらがなんなのか馬鹿にもわかるように説明しろ。納得させてくれ。おれは、納得できない物事があると気持ち悪くなる面倒なやつなんだよ」

これといって表情も変えず告げる男にそう言いつのると、彼はまず僅かに首を傾げた。春日の言い分が聞き慣れないものだったのかもしれない。次にいくらかの間を置いたあと、どこか面白がっているような声で男は答えた。

「なるほどね。おまえにとっては理屈というものが必要なのか。では、この神社がまつる神がなんであるかおまえにはわかるか」

祭神の説明からはじまるとは思っていなかったので、ついきょとんとした。単純に「そりゃ山だろ」と返事をすると、男はそこでまた微かな笑みを見せた。感心したというのではなく、はいよくできました、少しは認めてやろうか、とでもいうかのような表情だ。

それから男は片手を伸ばし、拝殿の向こうに見える山の輪郭をなぞるように右から左へ指さして続けた。

「そうだ。優しく晴れ渡ったかと思えば雪で人間の足を封じる、気まぐれな神だよ。私はその神の使いだ。だから神の意思は私が形にする」

「意思？」

「こうあるべきという思い、と言えばわかるのか？　この神社も同様だ。これが神が見ている神社だ。神の思う、おのれをまつる社のあるべき姿を私が具現化している。美しく清らかで、何者にも汚されることのない場所が神は好きなのだろう。ここここそが神の心を形なすものとして映す唯一のものであるとも言える」

男の言葉に今度は春日が首をひねり、それからとりあえずひとつ頷いておいた。正直彼が口に出している話は、春日にとっては理屈からほど遠い夢物語に等しかったが、異世界は異世界なのだからただ受け入れろとだけ告げられるよりはまだ意味がわかるような気がしないでもない。

「私は、おまえの言うところの古くて、雑草だらけの、誰も参拝しない寂れたあちらの神社も気に入っている。あるべき姿ではなくあるがままの姿、それもそう悪くはないよ。しかし神が好み望むのであれば、ここもしばしば形にしなければなるまい？」

整えられた拝殿を背に語る真っ白な男の姿を、綺麗だなと、そこで春日はようやく、心底から実感した。他者と対話をするという行為で少しずつ混乱や動揺が収まってきたからなのだろう。

そうだ。この男は、きっと綺麗なのだ。美しく清らかで何者にも汚されない。それはいまいる異世界の神社のことであり、また同様に、目の前に立っている男のありようを示す言葉でもあるのかもしれないと思った。

「我が主《あるじ》は少々気難しいのでね。その意思に従うべく持てる力を尽くさなければ、私は叱られてしまう」

どこかいたずらっぽくつけ足した男に、なぜかどきりとした。不意に湧いた感情は親しみか、あるいは別のものなのか。回答を自分の中に探しかけ、いや、いま知るべきはそこではないと邪魔な疑問符を追い払う。

我が主。男が使った表現は、これもまたようやくしっくりくるように感じられた。

「なあ。改めて訊くが、あんたは大神様か？」

いまさらの春日の問いに、男は僅かばかり愉快そうな表情を見せた。

「大神様か。村に住まう人間たちは確かに、私をそのように呼んでいるらしい。とはいえおまえにまで大神様大神様と呼ばれたくはないな。なにせ不敬な神主だ」

「……構わんと言ったのはあんただぞ」

「構わないよ。では、信仰心も持てぬままに神社へ仕える神職へ私の名前を教えよう。ハクだ。むかしからそう呼ばれているのでおまえもそう呼べばいい」

ハク。真っ白な姿をしている男だから、白、というほどの意味か。むかしから彼をそう呼んでいるのは神なのだろうか、神は声を持つのか？

いくつか謎はあったが、ここで深く訊ねることでもないかと「わかった」とだけ答えた。ハクと名乗った男はそんな春日を満足そうな眼差《まなざ》しで見つめて、それからふと背を向けた。

「春日。ついてこい。わざわざこちらの神社まで連れてきたのだから祝詞のひとつも奏上していけ。ここしばらくのあいだ聞いていないから、神たる山も、そこに住まう動物たちもよろこぶに違いない。当然私もよろこぶが、不満か？」

「え？　いや待て。おれはいまこんな格好なんだ。さすがにこれで拝殿に上がり込むのも、なんだかんだと畏《かしこ》み申すのもおかしいだろ」

「いまさら構うまいよ」

春日の言い分には構わずさっさと拝殿へ向かうハクは、その言葉通りなにも気にしていない様子だった。こうなると多分この男は、春日が従うまでもとの神社には帰してくれないのだろう。少し話をしただけでも彼がそういうわがまま、というより、おのが意思が通らないわけはないと考えているタイプの男であることは想像がつく。

しかたなく彼について拝殿へと歩いた。数段の階段を上り、ハクが開けた木の扉からおそるおそる足を踏み入れる。

拝殿はごく一般的な平入《ひらい》り形式で、柱も、扉も美しく磨きあげられていたが、造りとしてはいたってシンプルだった。広さはせいぜい十二畳ほどで間仕切りなどはなく、真新しい畳が敷き詰められた奥にある祭壇も実に簡素だ。木彫りや絵といった装飾はいっさいない。

ここは神の見ているあるべき姿を具現化している神社だと、先ほどハクは言った。なるほど彼の主はこうした飾りのない清廉な場所を好むらしい。山、それこそが神であるのなら、確かにごてごてと派手な社など気に入りはしないだろう。

そろそろと足を進め、祭壇の前に立った。左右に榊《さかき》があるだけで、米も水も塩も供えられておらず、どころか神鏡のひとつもなかった。過去にこんな祭壇は見たことがない。

こうもあっさりしていていいものか。なんらかの依《よ》り代《しろ》だとか、せめて供え物くらいは置くべきではないのか？　拍子抜けを通り越して不安さえ覚え、それからひとまず、まあここの神様にはそんなものは必要ないのかと考えることにした。

そのとき背後から、不意に、強い光が射すのがわかった。まるでいきなり大きな光源が落ちてきたかのような、光測定器があったとしても瞬時に吹っ飛びそうなほどのまばゆい光が拝殿に充ちる。

あの現実にある雑草だらけで寂れた、ハクの言うところの『あるがままの神社』から、この異世界の『あるべき神社』へと導かれたときには、真っ白な霧が立ち込めた。しかし今度は真っ白な、光だった。なにも見えない、のみならず眩しすぎて頭がくらくらしてくる。

いまこの拝殿がどういう状況にあるのかを考える前に、思わずぎゅっと目を瞑《つぶ》った。先ほどから想定外の出来事ばかりが起こり、なにがなんだか意味がわからない。

光が収まるまでに要した時間はおそらくそれほど長くはなかったのだろう。せいぜいが十秒とか十数秒とか、それくらいだ。あのとき霧がかかっていたあいだと同じくらいだろう。

瞼の裏までをも真っ白に照らしていた眩しさが収まってから、おそるおそる目を開け、ぎくしゃくと後ろを振り返った。そこで今度こそ、この神社へ連れてこられたときよりもよほど派手に驚いた。ばくばくと心臓がうるさく鼓動しはじめる。石のごとく身体が強張ったのは、びっくりしたからというよりも、途端に湧きあがってきた本能的な恐怖のせいだと思う。

拝殿の中央に、真っ白な狼が、しっかりとした四肢をつき立っていた。

野性の狼なんてものには当然遭遇したことなどない。この国では絶滅種だ。しかもその狼は、いやがうえにも恐怖心が膨れあがるほどに大きかった。二メートル近くはあるように見える。

自然界で暮らす狼とはこうも大きなものなのか、知る限りそんなことはないはずだ。つまりいま目の前にいる狼は、自然界で暮らすいきものではない。

狼は真っ直ぐに春日を見つめていた。その瞳が澄んだ赤色をしているのを認め、ああ、この目を知っていると思いいたり、ほとんど無意識に唇から言葉を零した。

「……ハク？」

狼は春日の呼びかけを肯定するように瞬《まばた》きをした。それからゆっくりと歩み寄ってきて、祭壇のすぐそばに座り目を閉じた。さすがに喋りはしないらしい。

堂々としていつつも、ただの獣ではありえないそのリラックスした姿に、するりと恐怖心が抜けていくのを感じた。身体の強張りが解けその場にへたり込みそうになるのをなんとかこらえる。

この真っ白な狼は、ハクだ。神の眷属たる大神様だ。

だからこそ、神々しいほどに美しい。

その認識は自分で自分に戸惑うくらいにすんなりと心に落ちた。普段であれば絶対に信じない。そんなことは現実には起こりえないはずだ、なにせ数式で示せないと気持ちではなくまず頭が拒む。なのにいまはなぜこうも素直に納得している？　のみならず神々しいほどに美しいなんて感じている？　真っ白な男に出会い、まっさらな神社へと誘われ、どこかが麻痺《まひ》してしまったのか？

違う、そうではないのか。これこそが神社神道のあるべき姿なのだろう。そして、神職の持つべき精神だ。

先ほども言ったようにこんなラフな格好で務めるのも気が引けたが、ハクの求め通りこれは祝詞のひとつも唱えなければならないかと、祭壇の前に座って少しばかり悩んでから口を開いた。型通りの祝詞のうち、もっともオールマイティでかつ力の強い大祓詞《おおはらえことば》くらいは、神職であれば誰でもそらんじられる。

――高天原《たかあまはら》に神留《かむづま》り坐《ま》す皇親神漏岐《すめらがむつかむろぎ》、神漏美《かむろみ》の命以《みことも》ちて、八百萬神等《やおよろずのみたち》を神集《かみつど》へに集《つど》え賜《たま》ひ神議《かむはか》りに議《はか》り賜《たま》ひて。

――我《あ》が皇御孫命《すめみまのみこと》は豊葦原水穂國《とよあしはらのみずほのくに》を安國《やすくに》と平《たいら》けく知《し》ろし食《めさ》せと。

常ならそれこそ方程式でも説明するように音にする詞は、今日ばかりは胸の奥から湧きあがるがごとく声になった。廉潔《れんけつ》たれ。恭謹《きょうきん》たれ。こんな感覚は知らない、経験がない。いま自らがいる神社や、大神様であるハクに対するなんとも言えない近しさ、敬虔の念がじわりと身に充ちてくる。

過去になく心を込めて長い祝詞を唱え、ようやく口を閉じると、ハクが僅かに身じろぐ気配がした。それとほぼ同時に拝殿へ、今度は真っ白な霧と光が同時に広がった。

先刻同様咄嗟にぎゅっと瞼を閉じた。もはやそう驚きはしなかったが、眩しいものは眩しいのだ、とても目を開けていられない。

座ったまま身動きもできずしばらく待ち、もういいだろうかとそろそろと瞼を上げると、また周囲の様相が一変していた。そっと左右に視線を向け、どうやら自分は古くに作られた、ちらちらと埃《ほこり》の舞う間にいるらしいと気づく。柱が崩れていたり畳が腐っていたりというような傷《いた》みはなくても、頻繁にひとの手が入っている場所ではないことはわかった。

最低限に維持され守られている、ここは現実の、すなわち『あるがままの神社』の拝殿か。

そう理解してから慌ててはっと後ろを振り返ると、ハクが立っていた。『あるべき神社』では狼に姿を変えた彼は、もうひとの姿に戻っている。

「心洗われる。おまえの声は心地よいな」

春日がなにを言えばいいのか思いつく前に、ハクはそう告げて微かに笑った。幾度か見た揶揄や呆れのような色は見受けられず、ただ言葉の通り、心地よい、と感じているのだろう表情だ。

現実の拝殿には、かろうじて祭壇の名残《なごり》はあっても、異世界の『あるべき神社』では左右に供えられていた榊もなかった。保存しようという意図は感じられないので、ハクにとって祭壇は必要のないものということなのだと思う。

視線で促されて腰を上げ、先に立つハクにつき拝殿を出る。見回した境内はもうもとの姿に戻っていた。大きな衰えは感じずとも、鳥居や狛犬は古めかしく、石畳の参道とその周辺には雑草が目立つ。戻ってきた。そう思ったら、全身から力が抜けるような安堵と少しのさみしさを感じ、そんな自分に戸惑った。さみしさか。いきなり連れ込まれて狼のすぐそばで祝詞を唱えたあの神社に、自分はなんらかの感情を抱いたらしい。

廉潔たれ。恭謹たれ。大祓詞をそらんじながら、そんな感覚に囚《とら》われた。

「もう陽が低い。そろそろ村に戻らないと、山道に慣れないものでは暗闇にのまれ転がり落ちる。また来い、春日。声を聞かせろ。おまえ曰《いわ》く残念ながら敬虔とはいえない神職の祝詞でも、奏上されれば神も、私も、よろこぶ」

ハクはゆっくりと参道を歩きながら、背後に続く春日を振り向かぬままそう告げた。なにか言い返そうとはしたが、結局は短く「ああ」とだけ答える。あのとき確かに感じた、ハクや神社に対しての近しさや敬いの念を表現しうる言葉が考えつかない。

それまで真っ直ぐに足を運んでいたハクがふと立ち止まったのは、鳥居のすぐ前だった。帰りなさい、さようなら、そんな声さえ発さず黙ってその場に立っている彼に不自然さを感じ、後ろから肩越しに覗くと、鳥居の向こうには大きな石に腰かけた黒江の姿があった。山の散策にも飽きて、そこで春日を待っていたのかもしれない。意図的に気配を消していたのかまったく気づかなかった。

状況をどう説明したものかと悩みつつ春日が口を開こうとしたら、その前に、黒江が実に軽やかな調子でこう言った。

「やあ、ハク。久しぶりだ」

黒江がハクの名を呼んだことに驚いた。この男はなぜその名前を知っているのだろう、しかもずいぶんと親しげだ。

黒江は神の眷属を見知っているのか？ この神社は苦手だと言っていたのに、どこで出会った？ 疑問符の浮かぶ頭で考えてもさっぱり見当がつかない。

「クロエか。おまえはなぜここにいる。立場をわきまえろ」

黒江の言葉を受け、ハクはいやに冷淡にそう告げた。この男もまた黒江の名を知っているらしい。聞いたことのないひややかな声色にびっくりした。ハクはこんなふうにも喋るのか。愛想がいいとはいわないが、春日を相手にするときの大神様は、こうも冷たく他人を突き放すような物言いはしなかった。

しかしいまハクは黒江に対して間違いなく拒絶の意思を向けている。そこにあるのは敵意なのか怒気なのかあるいはもっと別のものなのか、種類まではわからなくとも、不意に変わった彼のまとう空気からそれくらいは感じ取れた。

「おまえは山から追放されたはずだ。クロエ、おまえの居場所はここにはない、神をまつる社に踏み入る権利すらもない。去れ」

冷然と、のみならずひどく厳しい口調で言い放ったハクに、黒江は肩をすくめて笑った。しかし、

「君は相変わらず頭が固いんだな」と答える彼の瞳には、表情を裏切り笑みの気配などは微塵もなかった。春日に対しては優しくやわらかだったのに、いまは強く鋭い色を帯びている。

「神社には踏み入ってないだろう？　僕は村にやってきた神主様をここまで送り届けて、いい子に外で待っていた。それくらいは許されてもいいんじゃないか？　そう意地の悪いことを言わないでくれよ」

「おまえは神たる山ではなく人間に属することを選択した裏切り者だ。神の意思を尊重しないものが、おいそれと神の領域に近づくなと私は言っている。我が主に背を向けた不遜なおまえには、意味がわからないのかもしれないがね」

「山にこもっているような君にこそ、わかることなどなにもないよ。馬鹿みたいに真っ直ぐなばかりが正解じゃない。このままなにをも見ず聞かず、いずれ朽ちるこの山とともに消えたいというのなら勝手にすればいいさ」

彼らが交わす言葉の意味はまったく理解できなかった。追放。居場所。裏切り者。いずれ朽ちるこの山とともに消えたい？　ハクが、また黒江がなにを言いたいのだか、これっぽっちも把握できない。

それでも、現在ふたりが、単純に表現するならば言い争っていることはさすがにわかった。対立する意思を遠慮なくぶつけあっており、互いに譲る気などはさらさらないのだろう。そういう態度だと思う。

理解できないのだから当然口も挟めない。春日がはらはらとただ彼らのやりとりを聞いていると、しばらく黙っていたハクがふいと黒江に背を向けた。

その美しい顔に浮かぶ表情を目にして、つい息をのんだ。いままで余裕たっぷりにふるまっていた彼は、はっきりと、隠すつもりもないらしい不快の念を示していた。これもまた春日に対しては見せていない。

ハクはそのまま黒江にも春日にも声をかけず拝殿まで歩き、さっさと扉を開けて中に消えてしまった。思わず彼を追おうとしたら、黒江からこんなセリフで止められた。

「春日くん。ハクはいまたいそうお怒りだから、下手につつかないほうがいいよ。礼を尽くして順序正しく申し述べれば彼も聞きはするんだろうけど、不遜な僕はそうせずうっかり喧嘩《けんか》してしまった。彼の頑固な頭が冷えるまで、まあひと晩くらいはそっとしておくしかないね」

はっと黒江に視線を向け、「……だが」と言いはしたが、自分でもなにが、だが、なのだかはわからなかった。だが、あんな顔をしているハクを放っておけない。だが、あんたたちが仲違《なかたが》いしているのはよろしくない。それはなぜ？　先ほども考えたようになにも理解していないのだから、確かにハクを追いかけたところで自分にできることはない。

「さあ、もう村に戻ろう。さっさと山を下りないと真っ暗になる。僕はともかく君には夜の山道は危ないよ」

座っていた石から立ちあがりそう言った黒江に頷いて返し、もやもやとしたまま彼について来た道を戻った。どういうことなんだ、あんたはなにをどこまで知ってるんだ、と問いただしたくても、暗くなりはじめた足もとが危なっかしくてなかなか話ができない。

陽が落ちてきたから急いだのだろう。往路では時々休憩を挟んだ黒江は、帰路は早足で歩いた。息を切らしその背をなんとか追いかけつつ、いましがたの珍事を頭の中で反芻した。

古びた神社で神の眷属であるハクに出会った。そののちに、異世界、としか言いようのない神社に連れていかれ、ほとんどわけもわからぬまま祝詞を唱えた。それでもあのときはじめて知った清らかな感覚はまだ肌に残っている。

田舎道にぶつぶつ文句を言いながらハンドルを握っていたのはほんの数時間前だ。あのときの自分であれば、山で起こったすべてを夢でも見たかと笑い飛ばしていたに違いない。

なのに、いまは疑いもなくなにもかもが本当にあった出来事なのだと確信している。混乱しつつも信じているのだ。

この山で、あの神社で、自分の中のなんらかが変化している。数式で示せない事象などありえない、示せないのであれば真実ではない、信じるに足りないと考えていたはずだ。なのに、あの真っ白で美しい大神様は自分になにをしたのだろう。どうしてしまったのだろう。

というよりも、自分は大神様に、いったいなにを見たのか。

「ああ」

足早に山道を下っていた黒江がふとそう洩らし歩を止めたのは、来る道で、あと半分、と言われたあたりだったと思う。春日も同様に立ち止まって足もとから目を上げると、黒江は暮れはじめた空を眺めているようだった。

つられて見あげた先、木の枝に、一羽の烏《からす》が止まっていた。街で目にするものよりも身体が大きく、そんなはずもないだろうに、なぜかぴたりと視線が噛みあった気がして妙に動揺する。

夕日に照らされた烏は黒々と美しく、また、どうしてか春日に恐怖心のようなものを抱かせた。大きさのせいなのか、そうではないのか。あんな烏に敵意をもって襲われでもしたら傷だらけの穴だらけになりそうだなと考え、覚えた怖《お》じ気《け》がじわりと増す。

「そうか。様子を見に来たか」

黒江が呟いた言葉の意味はわからなかった。どういうことだと問おうにも、彼がまたさっさと歩き出したので、結局は黙ってあとを追うことしかできなかった。慣れない山道に息が上がり、会話をするどころではない。

様子を見に来た、とはなんだろう。急ぐ帰路で烏を一匹見かけただけなのに、黒江が洩らしたひと言がどうにも意識に引っかかる。

そのせいか、誘われた異世界の神社とハクの美貌が鮮明に蘇《よみがえ》る脳裏に、大きな烏の姿もまた同じく、いやにくっきりと焼きついてしまった。

村に帰りついたころには、空はもう夜の色をしていた。確かに黒江の言った通りあれ以上山に長居をしていたら、真っ暗な山道をおっかなびっくり下りることになっていただろう。初日からそんな目にあうのは遠慮したい。

黒江とふたりで那須野の屋敷に戻ると、座敷にいくつもの座卓が並べられていた。春日たちが母屋を出たときにはそんなものはなかった。

座卓にはたくさんの皿やグラスが置かれていた。それを囲みわいわいと騒いでいる二十人ほどの男女は、おそらくこの土地で暮らす村人たちだと思う。いかにも働き手といった年代のものはせいぜい半数くらい、あとは老人と、子どもの姿がちらほら見える。

「おかえりなさい！　遅いから心配してたよ」

割烹着姿の夏子に出迎えられ、ただいまだとかすみませんだとか答える前に座敷へと連れ込まれた。これもまた迷うより早く那須野の隣に座らされて、いやも応もなく持たされたグラスに一升瓶からなみなみと日本酒を注がれる。ラベルから察するに地酒らしい。

「このへんの連中みんなで待ってたんだ。今夜は春日くんが村へ来てくれたお祝いだから遠慮なく飲んでくれよ。まあ都会みたいなご馳走は出せんけど、女衆が腕によりをかけて作ったメシもたくさん食ってな」

「あ、いや、そんなお気づかいなく……。でもおいしそうです。ありがとうございます」

田舎のしきたりはよくわからないが、村の長に手ずから酒を注《つ》がせてよかったのだろうか。おろおろしつつ礼を言うと、那須野は陽気にからから笑った。待っていたというよりすでに飲んでいたという様子だ。

ともに山から帰ってきた黒江は座敷の座卓には着かず、開け放たれた引き戸の向こうで囲炉裏端に座った。よそ者だから遠慮したというより、彼はこうした宴《うたげ》の場があまり好きではないのかもしれないなと思った。農作業の帰り道に菫を摘むような風変わりな男が、村人に交じり日本酒片手に大騒ぎする姿はあまり想像がつかない。

「さあ、紹介しよう。うちの村にようやく来てくれた神主様、九条春日くんだ。これからずっと世話になるんだからみんな失礼のないようにな。じゃあ乾杯！」

「あの、いえいえ！　おれなんてただの若輩者ですからその」

大げさな那須野の言葉にあわあわし慌てて口を挟んでも、村人たちは大して聞いていないようだった。乾杯、と座卓のあちこちから聞こえてきて、こうなるともう彼らにならい飲むしかなくなる。

口をつけた日本酒は、米の産地だけあって実にうまかった。これは気をつけないと飲みすぎてのまれそうだ、という危機感を抱くほどにおいしい。酒にはあまり酔わない体質ではあってもさすがに限度はあるし、調子に乗って初日から酒でへろへろになるなんて醜態はさらすなよと自分に言い聞かせた。

とはいえ、次から次へと一升瓶片手に寄ってくる村人たちから「神主様どうぞ一杯」とすすめられては無下に断れない。今夜のために特別に用意されたのであろうちらし寿司やら茶碗蒸しやらを食べつつ、空になることのないグラスをせっせと傾けて、それなりに飲んだと思う。

父親の指示でもあるしちょっと神社の面倒を見ていればいいか、などという甘い考えで村を訪れ、神主様神主様と呼ばれてそんなおのが甘さを後悔した。断るべきだったのだ、苦々しくそう思ったものだが、こうも盛大に歓迎されてしまうとなんだかその自分が申し訳なくなる。

渋々だった。いやいやでもあった。しかし、笑顔で迎えられ頼りにされ、そのうえあたたかい食事をふるまわれ酒を注がれてしまえば、いつまでも腹の中で参った困った厄介だと溜息をついていることもできなかろう。

しかも、あの山には確かに大神様がいるのだ。いま自分が任されている神社は、村人たちの手前適当に体裁を取りつくろっておけばそれでよいというような、中身のないものではない。

「それで、春日くん。神社はどうだった。大神様には会えたのかい？」

宴もたけなわといったころに、隣に座る那須野からそう問いかけられ、特に深くも考えず「はい、真っ白でした」と答えた。それからはっと、この発言は軽率だったかと自覚し冷や汗を掻《か》いた。

大神様に会えたのは事実でも、それをいまここで馬鹿正直に申し述べる必要はない。というより、おのれでもまだはっきりと理解しているとはいえない事象について、こんなに軽々しく告げるべきではない。

「もう会えたのかい！　さすが恒明さんの息子だな、驚いた」

那須野は言葉通りびっくりした顔をしてそう言いはしたが、ひやひやしている春日の様子をおもんぱかったのか、それ以上ああだこうだとしつこく訊いてくることはなかった。途中からは誰もが手酌となった酒を飲みながら、村に来たばかりの春日に、神社ではなく村についての話をする。

「むかしに較《くら》べるとこのへん、変わったんだよ。ウサギとかイノシシとかが畑まで出てくるようになったのは、そのせいなんだろう」

軽い相槌を打ちつつ那須野の説明を聞いた。彼が語る周辺地域の現状はどこの農村にでもありそうなもので、特に耳新しい話でもなかったし、驚くべきこともなかった。

時代が変わるにつれ山は伐採が進み、徐々に自然が失われている。だから住む場所や食料に困った害獣が田畑を荒らしに現れるのだろう。

「もしかしたらやつらは、怒ってるのかもなあ」

酒に酔った口調で最後につけ足された那須野の言葉の意味は、わかった。つまり彼は、浅慮に自然を破壊する人間に対し動物たちが怒りを抱いているのではないかと言いたいわけだ。

返答に困ってしまった。簡単にそうでしょうねと同意もできないし、そんなことはないですよと否定もできない。

きっと那須野は、この土地で誰より冷静に現在の状況を見定めようとしているのだと思う。でなければそうしたセリフは出てこない。自然とはなにか、ひとはどうあるべきかを彼はきちんと考えているのだ。ならばなおさら下手なことも言えまい。

次の話題に迷っていると、その春日の様子をうかがっていたのか、いつのまにか座敷にやってきていた黒江が穏やかに声をかけてきた。

「那須野さん。うちの神主様は結構酔っ払っているみたいですよ。ふたりでちょっと風にあたってきますので、お借りします。春日くん、どうかな？」

　酒にのまれ醜態をさらさないよう気をつけろと事前におのれへ言い聞かせたので、さして酔ってはいなかったが、黒江の提案はありがたかった。酒も食事もおいしいし酒宴自体に不満はなくても、今日この土地にやってきたばかりの若造には重い話をいったん切りあげて、確かにそろそろ風にでも吹かれたい気分だった。

　酔っている体《てい》ですみませんと言い残し、黒江に従って立ちあがった。彼は先に立って土間へ下り、母屋から出るよう春日を促した。

　黒江に連れていかれたのは敷地内にある大きな倉の裏だった。太い丸太が積んであるだけの場所で、もちろん街灯などはないし、母屋からの光も少ししか届かないため足もとも見えないほど暗い。

　しかし黒江は夜目がきくのか、特に手間取りもせず倉から小さな行灯《あんどん》を引っぱり出してきて火をつけた。かつては母屋の部屋で使われていたものだと思う。黒江の手つきは慣れた様子であったので、どうやらここは彼がしょっちゅう訪れる秘密基地みたいな場所であるらしいと推測する。

「君、酔ってないよね。連れ出してきて迷惑だったかな？」

　促されて丸太に座ると、隣に腰かけた黒江からそう声をかけられた。うちの神主様は結構酔っ払っているみたいですよと言ったのは建前で、やはり彼はあの場から春日を抜け出させてやろうとしたたけのようだ。

あるいはなにか話したいことでもあるのか。いくらか考えてから「いや、助かった」とだけ答えると、黒江は春日に顔を向けにっこりと笑った。

「君は心優しいんだね。頼まれれば断れない、ひとの好意を無下にできない。相手に敵意がないとわかってしまえば冷たいことも厳しいことも言えなくなる。でも、僕には言っていいよ」

聞き慣れない単語を口に出されてうろたえた。頼まれれば断れない損な性格なのは確かでも、いままで他人から受けてきた評価はきっぱりしているねさっぱりしているねなんてものばかりで、心優しいんだねなんて告げられたことはほとんどない。

返事ができずにいる春日に「そのうえ、怖いくらいに素直だ」とつけ足して、それから黒江は視線を前に戻した。行灯の下部にある浅い引き出しを開けて灰皿を取り出し、吸ってもいいかと確認してから煙草《たばこ》に火をつける。

うまそうに紫煙を吐く横顔を見つめて、なるほどここは黒江の秘密基地兼喫煙所なのかと納得した。そういえば母屋では煙草を吸う人間を見かけなかった。

ゆらゆら揺れる行灯の微かな明かりの中、改めてじっくりと観察した黒江は、綺麗な男だった。たとえばハクのような見るものがつい怯《ひる》むほどの美しさとは種類が異なるが、やわらかく整った顔立ちは、どこにでもするりと入り込める水みたいに相手の警戒心を緩めることができそうだ。事実春日も山道で、はじめから平気で突っ込んだ話をした。

「その素直な君は、ハクがどんな存在であるか、素直にのみ込めたのかな？」

しばらく黙って煙草をふかしていた黒江は、それが半分ほど灰になったあたりでふと春日に視線を向けてそう問うた。ハクがどんな存在であるか、か。少しのあいだ迷ってから、どうやらこの男はハクを見知っているようだし構わないかと判断して探した言葉を口に出す。

「ハクが、ここのひとたちが言うところの大神様だってのは、信じた」

「ボールが落ちる理由のようには数式で示せないのに？」

「なんだか妙なものをあれこれ見せられたからなあ。おれがぼんやり夢を見てたわけでもなさそうだし、だったら信じるしかないだろ」

「妙なもの、か。君はあっちの神社に行ったんだね。そこでハクが狼になるところも見たのかな。ひとの姿を持つのと同時に狼でもあるのが本当のハクだから」

あえて曖昧に答えたのに、黒江はさらりと異世界や狼について言及した。やはりこの男はハクについて、それからあの神社についてよく知っている。というより、今日村を訪れたばかりの自分などよりよほど詳しく把握しているのかもしれないと思った。

ならばぼかした言いかたなんてしなくてもいいのか。頭の中であれこれ考え、まずは自分がどこまで聞き知ったのかを伝えることにした。そのほうが黒江も話がしやすいだろう。

「あそこの祭神は山だ。ハクもそう言ってたし、造りからして明らかだ。狛犬が狼なのは、眷属が狼だから。その眷属が、つまりハクがおれの前に現れて、神様の思う『あるべき神社』に連れていったり狼になったりした。そこまでは信じた」

黒江は特に口を挟まず、真っ直ぐに目を合わせたまま春日のセリフを聞いていた。それから短くなった煙草を灰皿で消し、すぐに二本目に火をつけて、ふ、と煙を吐いた。

「へえ。ハクはずいぶんと春日くんのことを気に入ったみたいだね。祭神だとか眷属だとかあるべき神社とか、はじめて会ったその日にそこまで丁寧に教えるのか、意外だな」

「そうなのか？　人懐こいとはいわないが、ぱっと見の印象より取っつきやすそうな男だった。おれのことをからかって遊んでたぞ」

「僕の知るハクは、少なくとも五十年前のハクは、そうそう人間となじんだりしなかったよ。頑固な性格でもあるしね。君が神職だから、あるいはちょっとびっくりするほど素直な性格だから、らしくもなく気を許したのか」

平然と告げられた、五十年前の、という言葉につい幾度か目を瞬かせた。まじまじと見つめた黒江は春日に横顔を見せ、これといって表情も変えず煙草を吸っている。

この男はつまり五十年前のハクを知っていると言っているのか？　どういう意味だ？　どこから見ても黒江は三十歳くらいにしか見えない。多めに見積もったとしても四十にはなっていなかろうし、だから五十年前にはこの世にいなかったはずだ。

ハクの正体を把握している。言い争いをするほどに、言ってしまえば近しいわけだ。しかも五十年前？　黒江がどういう人物なのか、どんな立場にありハクとの関係はなんであるのか、さっぱりわからない。

「……なあ、黒江さん。あんたは何者なんだ。ただの農業見習いなんかじゃないんだろ」

いまさら遠慮もいらないかと低く訊ねると、黒江は星の瞬く夜空を見あげて、相変わらず穏やかな口調で答えた。

「僕もハクと同じく大神様だよ。いや、大神様だった、と言うべきか。五十年前まではね」

黒江の発言の意味が咄嗟にはわからず、きょとんとした。それからじわりと理解が追いついてきて、つい目を見張る。

大神様なんていない、とは言わない。ハクに出会って、信じたいまとなってはもう言えない。しかし、汚れた作業服を着て囲炉裏端に座る大神様がいるというのはいささか信じがたい。

真っ白な髪と肌、装束、美貌と赤い瞳。そんな浮世離れした姿のハクならばまだしも、黒江は単に風変わりで綺麗な男というだけの人間に見えた。

「ああ。信じられないか」

相手の当惑を察したのか、黒江は春日に目を戻して困ったように笑いそう言った。その表情も、煙草を消した指で黒髪を掻きあげる仕草もやはりひとのものとしか思えない。

「なにせ五十年間も人間として生きてるから、しかたないかな。でも、事実だよ。でなければ僕がこんなにあの神社やハクのことを知っているわけないよね。むかし僕とハクは一対の眷属だった。まあ、信じる信じないは君に任せよう」

「……いや、……信じないっていうんじゃない。ただその、わけがわからん。あんたが大神様だったというなら、なんでいま人間として生きてる？」

続けられた黒江のセリフに、どうしても戸惑いの滲み出てしまう声で問いを返した。黒江は軽く肩をすくめて「神に追放されたから」とあっさり答えた。

追放。その単語は聞いた。神社の鳥居を挟み、ハクは黒江に対して確か、おまえは山から追放されたはずだ、そんなことを言った。

「……追放？　なにをしたら眷属が神から追放なんてされるんだ？」

訊いていいのかいけないのか、とすら考えられず湧いた疑問をそのまま口に出すと、黒江は三本目の煙草に火をつけて返事をした。

「人間と恋に落ちたから。眷属がそうもひとのそばにあることが、神には受け入れられなかったんだろう。けれど、怒られたところで僕だってはいじゃあ恋を諦めますとは言えなかった。だから追放だよ。我が主と僕は相容《い》れない。と同時に、神の忠実な眷属であるハクとも許容しあえない」

「……恋」

「それが五十年前だ。以降を僕はひととして恋人とともに生きた。都会でのふたり暮らしは楽しかったな。残念ながら恋人は、もう死んでしまったけれどね」

今度は、わけがわからない、とは言えなかった。黒江の話は筋が通っている、ように感じられた。

彼が神社やハクに通じている理由、ハクと言い争っていた事実やその内容、おいそれとは近づけないはずの神社まで迷いもせず山道を歩いたわけも、この男がかつてあの神社にいた神の眷属だったからと考えればつじつまが合う。

我が主は少々気難しいのでね。そんなことを言ったのはハクだった。気難しい神ならば、おのが使いが人間に傾倒すれば、怒るか。

そして山道を登るあいだに黒江は、神の存在は信じている、しかし人間と共存はできない、神はひとの願いなど聞いてはくれないという意味の発言をした。

つまりあのときのセリフはいま語られた通り、彼がかつての眷属であり、人間と近しくあることを受け入れられない神の怒りに触れて山から追い出され、ひととして生きてきたからこそのものだったのか？

「……じゃあなぜ黒江さんは、この村、というか、この山のそばに戻ってきたんだ？　喧嘩した神様と、むかしの仲間であるハクに会いたかったのか？」

眉をひそめて訊ね、それから、自分が黒江の話をもうすっかり信じていることに気がついた。ついい数時間前に山でいくつも不可解な出来事に遭遇したせいか、自分の感覚が昨日までとずいぶん変わってしまったことを改めて自覚する。

黒江は「いや」と言い小さく笑ってから、指先で煙草の灰を落とし春日の問いに答えた。

「会いたかったわけじゃないよ。ただ、見届けたかった、かな？　この山も村もむかしとはずいぶん変わったから」

「見届けたかった？　なにを」

「近年ますます進む自然破壊がもたらす、山と村との対立はもう止められないよ。どちらかが潰れないと終わらない。そして僕が見ている限り潰れるのは、山だ。だから僕は山の行く末を見届けよう、一応はもと眷属だしね」

どちらかが潰れないと終わらない、黒江の言葉は正確なのかもしれない。とはいえ、はいそうですねと簡単に頷くのもおかしいだろう。それは残酷な同意だと思う。

たとえば山がこの地から消えるのならば、黒江は彼曰くもと眷属であるという足場を失うのだし、村の人々が山の脅威にただ無力に押し流されたら、人間として生きているという現在のありようが否定される。いずれにせよ彼にとっては愉快な話ではないだろう。

なにを言えばいいのかわからず押し黙った春日に、黒江は煙草を燻《くゆ》らせながら静かに続けた。

「ねえ春日くん。山は無慈悲だと思わないか？　愛するものとともにあることも許さない。だから僕は人間サイドだ。たとえむかしは大神様であったとしても、ひとを愛する。それでもね、山を心底嫌いにはなれないんだよ。不思議だろ？」

山、イコール、神、という意味か。そういえば山道でも彼は、僕も君と等しく人間サイドだからと告げた。あのときはさっぱり理解できなかったが、いまならば彼が発した言葉の意味がわかる。

だとしても、黒江は山を心底嫌いにはなれない。かつて追放されたもと眷属は、神たる山を心のどこかでは大切に思っているのだろう。共存はできないと断ずる裏で彼は、神と人間、どちらも愛して

いるのではないか？

またしばらく無言で考え込んでから、感じた切なさを声に出すかわりに、隣に座る黒江へ右手を差し出し「一本くれ」と言った。要求通り手渡された煙草にライターで火をつけ、吐き出す紫煙に溜息を交ぜる。

「春日くん、煙草吸うんだ？」

「大学生のころに遊びでちょっと吸ったくらいだ。いまは吸わない。だからあんたに一本つきあうだけ」

意外そうに問われたので、軽く答えておいた。先に摂取していたアルコールのせいもあるのか、久しぶりのニコチンで頭がくらくらする。

黒江は春日の言葉を聞いてにっこりと笑い、やわらかく囁《ささや》いた。

「ほらね。やっぱり君は、とても心優しいひとだよ」


農家の朝は早い、らしい。

黒江と一服したあと母屋に戻るとまた酒宴に引っぱり込まれ、その後日付を越えたくらいの時間に与えられた部屋で布団に潜った。翌朝起きたのは七時すぎ、昨日と似たようなジーンズとシャツに着替えてのこのこ囲炉裏の前まで出ていったときには、もう家には夏子の姿しかなかった。

「あれ。那須野さんたちは？」

目を擦《こす》りながら訊ねたら、囲炉裏の間の隣にある台所で食事の用意をしていた夏子に「二時間は前にもうたんぼに行ったよ」とからから笑われた。ということは五時頃から彼らは働いているのか？ 何時に起床するんだ？ 遅いと文句も言われないだけに、まったく気づかずのんびり寝ていた自分がかえっていたたまれなくなる。

「うわ、すみません。おれ寝坊しました……」

来訪二日目にしての早々の失態に若干顔を引きつらせながら詫《わ》びると、夏子はますます楽しげに笑って答えた。

「あらあら。神主様の仕事はたんぼじゃないんだから寝坊もなにもないよ。ぐっすり寝て、元気に起きてくれればいいの。みんなそろそろ一度帰ってくるから、そうしたら朝ご飯にしましょうね。昨日蕗《ふき》がたくさんとれたから蕗味噌作ったんだよ、うまいよ」

「あっ、じゃあなにか手伝いを……。おれ自炊長かったから簡単なことならできますし」

「いいっていいって。男は台所なんか立たなくていいって！」

慌てて台所に踏み込んだら夏子に追い払われそうになったが、半ば強引に居座った。みなが働いている中、ひとり暢気に囲炉裏端に座っているのはさすがに気まずい。

恐縮する夏子から包丁を受け取り、味噌汁に入れるのだというネギを刻んだ。ついでに豆腐をてのひらの上で切り鍋に落としたら、いかにもはらはらとした様子で春日の手もとを見ていた夏子に「殿方もそんなことできるのねえ、頼もしいわ」と大仰に感心された。

食事ができあがったころに農作業から戻ってきた那須野たちと、囲炉裏を囲んで朝食をとった。黒江を含む若手は、近所で助けあう結という習慣のため来週は別の家の作業に出るらしい。そんな話をなんとなく聞きつつ質素ながらもうまい食事を口に運ぶ。

「春日くんは今日はどうするんだい？　このあたりは山とたんぼばっかりで、面白い遊び場もないしなあ」

食後の茶を飲んでいるときに那須野からそう訊ねられたので、特に悩まず返事をした。

「神社に行きます。そのために来たんですから。ああそうだ、もし可能なら米と塩と水をほんのちょっとずつくださぃ、あそこいま供え物もないんです。まあ大神様はそんなの別に気にしてないみたいだけど、最低限は置いておかないとなんだかおれが落ち着かなくて」

「いいよいいよ、いくらでも持っていってくれ。いやあ、頼れる神主様が来てくれたな。黒江に神社まで送らせるから」

「いえ、おれひとりで大丈夫です。昨日見たところ一本道だから、道案内がなくても辿りつけます。おれも早く山に慣れたいし、転がり落ちないようにのんびり行くのでお構いなく」

本当に転がり落ちたら遭難だなという幾ばくかの不安は隠し、那須野の申し出は断った。黒江にとってあの神社は複雑な思いのある場所だ。しかも彼は農作業において貴重な働き手なのだから、毎日毎日山に連れていくわけにもいかない。

危なくないか、怪我《けが》をしないかと心配する夏子に「平気ですよ」と言って笑ったら、頼んだ通りの供え物と、午後までいるようなら昼食にしてくれと握り飯を渡された。ついでに水筒やら手ぬぐい、念のための懐中電灯、傷薬やらを差し出され、それらをまとめて借りたリュックサックに詰め土間で靴を履く。

「なにかあったらハクを呼ぶといいよ。彼は君を気に入ったようだから、一生懸命叫べばそのうち姿を現すさ」

母屋を出る際に黒江からこっそりとそんなことを告げられたので、頷いて返した。なるほど最悪転がり落ちても大神様がいれば遭難はしないのか、そう考えたら少しばかり気が楽になった。

とはいえ、都会者の足には厳しい山の道行きが楽になるわけではない。息を切らしつつ昨日と同じ山道を昨日より慎重に歩き、那須野の屋敷を出てから一時間ほどしてようやく神社の鳥居が見えてきたときには、ほっとするのと同時に気が抜けたせいか半分ぐったりした。

ちらと目をやった腕時計は十時を指している。昼食も持たされたので、暗くなる前に帰るとしてもそこそこ長居できるだろう。うるさいと追い返されるかもしれないが、できればハクともっと、ちゃんと話をしてみたい。

一礼してから鳥居をくぐると、昨日同様真っ白な姿のハクが、拝殿の扉へと続く階段に腰かけていた。足もとにじゃれる可愛らしい野ウサギを指先で撫《な》でて遊んでいる。昨夕神社を去るときにはひどく不快そうな顔をしていた彼は、一夜がすぎどうやら機嫌を直したらしい。

ハクとウサギが仲睦《むつ》まじく戯れているさまを見て、ふと、僕は人間サイドだという黒江の言葉を思い出した。ならばハクは、単純に言うと神、そして動物サイドか。たとえば農業被害に悩む人間よりいま撫でているウサギのほうが、彼にとっては近しい存在なのだろう。だから事が起これば彼は、ひとになど見向きもせずウサギを抱きあげるに違いない。

山の神の眷属たる大神様、すなわち狼なのだしそんなのは当たり前だ。とわかりはしても、山は無慈悲だなんて話を昨夜黒江から聞いたせいなのか、なんだか複雑な気分になった。

「春日か。物好きだな、今日も来たのか。声を聞かせろとは言ったが、そう無理をしてまで毎日来なくてもいい」

まだぜいぜいと荒いままの呼吸も隠さず歩み寄ると、顔を上げもせずハクがそう声をかけてきた。姿を隠す気もないようなので、鳥居をくぐったのが誰であるかは見なくとも気配でわかったらしい。

ハクにじゃれついていたウサギは、近づく春日を警戒したのかすぐに逃げていった。それを目で追い、ちょっとくらい撫でてみたかったななどと思いつつ言葉を返す。

「おれは暇なんだ。いくら不敬な神職だからって神社をひとつ任されたからには、よそでのんびり山菜摘みをしてる姿なんて見られたくないだろ。だから少し世間話につきあってくれよ」

「軟弱なおまえはここへ来るだけでずいぶんと疲れたようだ。暇つぶしの世間話をするためにご苦労なことだな。ひとりで山を登ってきたのか？」

「そうだよ。軟弱なおれがたったひとりで、山から転げ落ちも途中で諦めもせずに来たんだから、せいぜい褒めてくれ」

暗に、今日は黒江を連れていませんと示すと、ハクはそこでようやく顔を上げた。眩しい陽の光できらきら輝く真っ白な髪に、まるで意図した差し色みたいに赤い瞳がよく映える。

美しい。昨日と同じようなことを考え、目の前に座っている男に改めて見蕩れた。きっと顔に出ていたのだろう、ハクはその春日に真っ直ぐな視線を向けて、例のごとくどこかからかうような笑みを浮かべた。

「よしよし、偉いな。褒美に世間話とやらにつきあってやるから、おまえは礼に声を聞かせて帰れよ。ずいぶんと長いあいだ年に一度しか祝詞を聞けなかったので、少々物足りなかった。しかし、声をかけたことも姿を現したこともなかったが、あの神職は誰だったのか」

「ああ。年に一度だけこの神社に来てた神職なら、おれの父親だよ」

許しは乞わず隣に腰かけて、ハクの疑問に答えた。リュックサックから取り出した水筒を開け、冷たい茶を飲んで呼吸を落ち着ける。

試しにハクへ水筒を差し出してみたら、片手を振っていらないと示された。神の眷属は特には茶を好まないようだ。

「父親は小さいのから大きいのまで神社をたくさん兼任してるんだ。この国には神社がたくさんあるが、神職はそんなにはいないからな。ここはそのうちのひとつだ。場所が場所だし他もあるから頻繁には来られなかったんだよ。今回おれが来たのは、父親にこの神社を見るよう指示されたからだ」

簡単に説明すると、隣でハクが「指示されていやいや来たのか」と言って呆れたように笑った。春日の言い分が気に食わなかったらしい。ひとを揶揄したり過去の仲間に対して不快をあらわにしたり、またこんなふうに呆れを示したりと、大神様というのは案外人間くさいところもあるのかなどと考えつつ言葉を返す。

「いや。最初は正直渋々だったけど、別にいまはそんなふうには思ってない。おれみたいなのでも祝詞を唱えればあんたはよろこぶんだよな？　なら、なんにも感じないままご立派な神社でルーチンワークしてるより、おれにとっては意味があるんだろ、きっと」

「なるほど？　昨日から思っていたが、おまえは不敬なわりには素直だな。そうしたところは悪くない。褒めてやろう」

今度は面白がっている口調で言い、ハクはまた小さく笑った。この主張は彼のお気に召したらしい。なかなかわかりやすい反応だと思う。

はじめて目の当たりにしたときこそ警戒心を抱いたし、正体不明な男の尊大な態度に厚かましさも感じた。しかし言葉を交わしてみれば、彼は別に近寄りがたくてお偉そうなだけの大神様でもないようだ。

「なああんた、おれの父親には声をかけなかったし姿も見せなかったんだろ？　どうしておれには声をかけたんだ？」

ハクが先刻発したセリフに湧いた疑問を口に出すと、あっさりこう告げられた。

「妙な若造が来たのでね。とても神職には見えなかった」

つい、はあ、と溜息を洩らした。確かに確固たる神職の自覚も覚悟もないのだからそう見えなくてもしかたがないが、面と向かってはっきり断じられると肩も落ちる。

それからまたひと口ふた口茶を飲み気を取り直して、質問の内容を変えた。

「ハク。あんたはいつからここにいるんだ？」

「いつから？　さていつからなのか」

ハクは僅かばかり考える様子を見せ、しかし特に拒むこともなく春日の問いに答えた。

「そうだな。振り返ってもはっきりとは思い出せない。山が生まれたときから存在している神から見れば一瞬なのだとしても、私にとっては長い時間、ずっとここにいる。私とおまえたちとではときの感覚も異なるだろうから、語ったところで意味はあるまいが」

ときの感覚が異なるとはつまり、大神様と人間では寿命が違うという意味か。ハクの言葉にひとつ頷いてから「いまはひとりか？」と問いを重ねると、さらりとこう返された。

「そうだ。この山に住む神の眷属は、クロエが去って以降もう長く私ひとりだ。神の声を聞き、その使いとして山の動物たちを従える立場にあるものはいま私しかいない。追放されたのち五十年もの月日がすぎても、クロエには神に許しを乞いここに戻る気はないようなので、この先もひとりだな」

あえて黒江には触れなかったのに、ハクがあっさり彼の名を口に出したことは少し意外だった。ちらと横顔をうかがっても、その美貌には昨日浮かべたような不快の念は見受けられない。

煙草をふかしながら黒江が言った通り現在は許容しあえず、対峙《たいじ》すれば言い争いをするのだとしても、かつて彼らは確かに一対の仲間だったのだ。ゆえにそこにあるのはきっと憎しみではないのだろう。少なくとも、ふたりとも距離を置けば互いを冷静に語れる程度には相手の意思を把握しており、だからこそ反発せざるをえないのかもしれない。

春日がすでに黒江の事情を知っているとハクは察しているらしく、それ以上の説明はなかった。なので春日も訊かずにただもうひとつ首を縦に振っておいた。

五十年か。ふたりから聞かされた年月を黙って想像した。人間とはときの感覚が異なるのだとしても、口ぶりから推測するにハクにとっても決して短い時間ではなかったと思う。そのあいだ黒江は山を下り街でひとと恋を育んでいた。一方、山に残された真っ白な大神様はずっとひとりきりでここにいた。

いくら動物たちとともにいるとはいえ、ハクはその言葉通り神の眷属として彼らを従える立場にあるのだから、心のまま自由に語りあえるわけではない。五十年もそうした状況に置かれこの男はさみしくはないのか。そんなことを考えたらしくしくと胸が痛んだ。

自分だったらとても耐えられない。さみしくないはずがない。誰とも対等に気持ちを通わせられず、笑いあったり慰めあったりすることもできずひとりぼっちで、どうやって生きていけというのか。

自分がこの神社に来ることで少しでも彼が笑えればいい。楽しさや嬉しさ、快さを感じてくれるといい。

昨日出会ったばかりの、しかも数式では示せない存在である大神様に対し、自然と湧きあがってきたそのおのが思いに少々戸惑いはした。しかし否定するのはやめた。この感情が神職には相応しいのか分不相応なのかはさておき、自分にとってはなにひとつ偽りない本心であるのだから退ける必要もないだろう。

「さて春日。せっかくこうしてご苦労にも山を登ってきたのだから、今日も祝詞を唱えていけ。おまえの声は心地よい」

ハクの要求に、だからただ素直に「わかった」と答えた。それを受けて腰を上げたハクは、春日が見あげた先で、美貌に満足そうな笑みを浮かべていた。

「なんだ。はじめはずいぶんとおかしな神職が来たものだと思ったが、なかなかに生真面目《きまじめ》な男だな？　敬虔とは言えないのではなかったか？」

「……あんたがそれで構わんと言ったんだろ。神職である前におれはただおれだよ。だから敬虔な神職としてじゃなく、単におれ個人として祝詞くらいはよむぞ。別にいやがるようなことじゃないし」

「好ましい」

短くつけ足されたハクのひと言に、なぜかどきりと心臓が鳴った。しかし、その理由を考える前に昨日と同じく境内へ真っ白な霧と光が充ちたので、咄嗟にぎゅっと目を瞑った。もう驚きはしない、とはいえ平然としてもいられない。

しばらくしたあと瞼を上げると境内はあの美しい『あるべき神社』に姿を変えていた。そして目の前には、大きくて真っ白な狼が立っていた。

ひとの姿を持つのと同時に狼でもあるのが、神の眷属たる本当のハクだ。そう言ったのは黒江だった。了解したつもりになっていたが、こうしていざ目の当たりにするとやはり一瞬の混乱は覚えるしうろたえもする。

それから、これはハクだから怖くはないのだと狼狽をのみ込み、慌てて立ちあがった。ゆっくりと歩く狼を追いかけて重い拝殿の扉を開ける。

昨日と同じく祭殿の前に立ってリュックサックを漁《あさ》り、三枚の小皿を取り出した。供え物をもらうついでに那須野の家から適当に借りてきたものだ。ただの使い古した食器でも、ないよりはましだろう。

皿にのせた米、塩、水を供え、丁寧に大祓詞を唱えた。そののち、夏子に持たされた手ぬぐいで拝殿の柱や扉を慎重に拭いた。父親が宮司をしている神社では毎日のようにこうしていたのだから間違いではないと思う。

なにをせずとも隅々まで綺麗な神社だから、自分がわざわざ掃除をする必要はないかと思いもした。しかしせっせと手を動かしているうちに、拝殿がというよりおのが心が徐々に洗われていくのを感じた。

いつでも事務的、義務的に清掃をしていた。そんなものかと考えていたのだ。だが、あるいはこうしたひとつひとつの行動には、神社を美しく保つという以上の意味があるのかもしれない。

ハクは祭壇のすぐそばに座り、赤い瞳で春日を見守っていた。やはり狼の姿をしているときにはひとの言葉を喋らないらしく黙ったままでいる。

掃除をしながらそっとうかがったハクは、特になにを気にする様子もなく、いかにもゆったりとくつろいでいた。神職の仕事が不愉快であれば吠《ほ》えるくらいはするだろうから構わないのかと、こちらも無言で作業を続ける。

拝殿の中を拭いて回りひと段落したころには、そこそこくたびれていた。そう広くはないとはいえ、慣れない山道を必死に登ってきたあとでは疲れもする。それでも過去にないほど気持ちはすがすがしく、また落ち着いていた。

なるほど神社とはこういう清浄な心持ちになる場所なのか。幼いころから庭にしていた場所に対して、いまさらながらにそんな新鮮な感慨を覚えた。

大して汚れてもいない手ぬぐいをしまい、空気を入れかえようと拝殿の扉を大きく開けた。快く澄んだ風が吹き込んでくる。

境内にふっと知らない気配を感じたのは、そのときだった。鳥居のあたりか。ハクは拝殿にいるのだから、別のものだ。

咄嗟に目を向けた先に、するりと視界から逃げていく少年の影が掠めた、ような気がした。

勘違いか？　つい何度か目を瞬かせたら、まるでその春日をごまかすかのようなタイミングで再度境内に霧と光が充ちた。何回のみ込まれても慣れない眩しさに、思考まで真っ白に塗り潰されるような感じがする。おかげで意識の端をよぎった微かな気配があっという間に遠のいた。

瞼の裏まで照らす光が収まってから目を開けると、そこはもうもとの寂れた『あるがままの神社』の境内だった。

「感心な神主だな」

後ろから声をかけられてはっと振り返ると、ひとの姿に戻ったハクが祭殿の前に立っていた。春日を眺める赤い瞳には愉快がっているような色が見え隠れしている。

「私はおまえに声を聞かせろと言っただけで、なにかを供えろとも、拝殿を清めろとも要求しなかったがね。信仰心を持たぬ神職のわりにはよく働くではないか？」

「……習慣なんだよ。供え物のひとつもないところで祝詞を唱えるのも、掃除もしないでぼけっとしてるのもおれがなんだか気持ち悪いんだよ。余計な世話なら悪かったな」

ハクの言葉にぼそぼそと言い訳をしたら、あっさりとした口調でこう返された。

「いや？　社を大切にされれば我が主もよろこぶだろう。当然私もよろこぶ」

よろこぶ、そのひと言に、妙に心が華やいだ。祝詞を奏上しようがせっせと清掃をしようが、神にもその眷属にも実際会ったことはないし、そもそも存在さえ信じていなかったので、よろこんでもらえていると感じたこともなかった。ただの仕事だ。なのにハクはよろこんでくれる。

自分はこの神社に仕えているのだと実感した。

ちらと目をやった腕時計は十四時あたりを指していた。自分は四時間近く異界の神社にいたのかとびっくりする。体感としてはせいぜい二時間くらいだと思っていた。

途端に、それまで感じていなかった空腹を意識した。ハクに断って先ほどと同じく階段に座り、ごそごそとリュックサックを探って夏子から渡された握り飯を取り出す。

一応は差し出してみた昼食をハクは受け取らなかった。日本の神様やその眷属はよく食べよく飲む印象だったが、そうでもないらしい。

「春日。私とともにあちらの『あるべき神社』にいるあいだは、境内から出るなよ。常に私のそばにいろ。いいな」

隣に腰かけるハクからそう告げられたので、握り飯を頬《ほお》張りながら頷いておいた。どういう意味があるのかは理解できなくても、いやだと答える理由もない。

それからふと、異界の神社で感じた知らない気配のことを思い出し、冷たい茶で喉を潤してからなんとなく訊ねた。

「なあ。あっちの神社には子どもがいるのか？　おれの気のせいかもしれないが」

春日の問いに、ハクは答えを示さなかった。声が返ってこないことに小さな不自然さを感じ隣を見ると、彼はどこか困ったような顔をして鳥居のあたりを眺めていた。視線さえもよこさない。

ハクのその態度もまた理解できなかった。しかしこれもいま問い詰める必要はないかと、とりあえず浮かんだ疑問符は捨て置くことにした。

二時間ほどを『あるがままの神社』でハクとすごし、じゃあまた来る、と言い残して鳥居をくぐった。下手に遅くなると自分の慣れない足では村へ辿りつく前に暗くなってしまうだろう。明るくても苦労するのに、闇に閉ざされた山中なんてうろつきたくはない。

慎重に山道を歩きながら、真っ白なハクの姿を頭の中に蘇らせていた。ひとの姿であれ狼であれ、あの男は美しいと思う。

きっと、ただ容姿が整っているからというわけではないのだろう。それだけならばあんなに何度も見蕩れない。しかし、ではなぜ自分がこうも強く彼を美しいと感じるのか、考えてみたところですんなりと納得できる回答は見つからなかった。

翌日、夏子と春日ふたりで作った朝食を、早朝の農作業から戻ってきた五人とともに食べているときに、那須野がこうぼやいた。

「隣の畑、また夜のあいだに荒らされたって。ウサギかイノシシかわからんけど、あと少しで収穫だったのにってがっくりしてたよ。うちらの商売は、どんなに頑張ったって出荷できなけりゃ金にならん。いままでの苦労が水の泡だ」

どう反応すればいいのかわからず春日は黙って沢庵《たくあん》を嚙んだ。確かに、時給で給料がもらえるような仕事とは違い、農家は完全に出来高制だ。過程の努力は結果がなければ評価されない。そう考えるとなかなかにシビアな商売だ。

「先週おれらであそこに柵張ったのに、やつらどんどん知恵つけてきて、簡単に中に入ってくる」

夏子の手からおかわりのどんぶりを受け取りながら、若手のうちのひとりがうんざりしたように言った。はじめて那須野家を訪れた日に春日の手を握り、神主様がいてくれれば怖いことはない、本当に助かったと告げた男だ。

「なあ神主様。昨日も言ったけど、大神様にあいつらを追っ払ってくれるよう頼んでくれ。おれらじゃできないんだ、神主様ならなんとかなるんじゃないか」

話を振られてますます返事に悩んでしまった。ハクとはまだ害獣の話なんてしていない。

あの男のことだから春日が言えば一応聞きはするのかもしれないが、人間の訴えを聞き入れるとは限らない、というより聞き入れないと思う。境内で野ウサギと遊んでいた神の眷属は昨日も考えたようにいわば神および動物サイドなのだろうし、しかも黒江によれば頑固な性格であるらしい。

箸を止め黙った春日の姿になにを感じたのか、那須野は「春日くんは来たばっかりなんだからそう急《せ》かすな」と若者をたしなめた。少しほっとし、それ以上に申し訳なくなった。

神職としての作法を知っていようが祝詞を唱えられようが関係ない。実際にいまある問題を解決する力のない神主様なんて、ここにいる意味もないただの役立たずだ。なのに那須野に気をつかわせている。

「那須野さん。春日くんが今日も神社に行くようなら、僕もちょっとついていっていいですか？　すぐに帰ってきて作業に合流しますから」

それまで無言で食事をとっていた黒江が不意にそう主張したので、ついはっと視線を向けた。その先で黒江は、「春日くんより僕のほうが村の状況を知っていますから、説明しましょう」と言い、にっこり笑った。彼が説明する相手を明示しなかったのは、神主様へ、と那須野たちに誤解させたかったからだろう。

しかしこの男が腹の中でもくろんでいるのは、ハクに直接物申すことであるに違いない。黒江ひとりで出向いたところでハクは姿を見せないのかもしれないが、春日がいれば現れる。そうすれば先日同様おのれもハクと話ができると黒江は考えているわけだ。

いつも通り涼しげな顔をして味噌汁の椀《わん》を口に運ぶ黒江を見つめ、密かに眉をひそめた。過去には一対の眷属であったとはいえ、この男は現在ハクと仲が悪いのだ。なのにまた会いたいのか？　ハクも黒江も、相手がその場にいなければ互いを冷静に語れるのに、顔をつきあわせたらまたどうせ言い争いになると思う。

そこで那須野の視線が問うようにこちらへ向けられたので、「どっちにしろ神社には行くつもりだから、ひとりでもふたりでもおれは構いません」と答えた。いやだと拒むのもおかしいし、ならば他に言いようもない。

結局、食後の茶を飲んだあと春日と黒江のふたりで山を登った。道中では優しく春日を助け楽しげに話をしていた黒江は、しかし鳥居の前に立つと、ふっと雰囲気を変えた。

横顔に浮かぶ表情は一見やわらかだ。なのにやはり、その目は笑っていない。

「ハクと話をしたいのか？　許容しあえないって言ったのは黒江さんだろ。なら、あんたがなにを言ってても無駄じゃないか？　喧嘩するだけなら帰ったほうがいい。おれだってそんなの見ても楽しくないからな」

小声で申し述べても黒江は聞く耳を持たなかった。静かに「まだ帰らないよ」と返されて、常から穏やかなこの男も、ハクと等しく実は相当頑固なのではないかと肩を落とす。

「僕はハクと争いたいわけじゃない。ただ自分の口で現状を訴えたいだけだ。君ではハクに言いにくいことも、僕ならば言える。理性的な対話をすべく努めよう。でも、ハクが喧嘩を売るなら買わざるをえないね」

続けられた黒江のセリフに隠さず溜息をつき、ひとりで鳥居をくぐった。ハクは昨日と同様に、拝殿の階段に座り野ウサギと戯れていた。その姿を認め、やっぱりこの大神様に村人の頼みを伝えたところでウサギの味方をするんだろうなと改めて考える。

春日が近づくとウサギはすぐに逃げていった。ハクはそれを目で追ってから顔を上げ、春日を見つめて不愉快そうに眉根を寄せた。どうやら鳥居のすぐ外にいる黒江の気配を感じ取ったらしい。昨日も一昨日《おととい》も、ふたりでいるときにはハクはそんな表情を浮かべなかったから、さすがに少し居心地が悪くなる。

「昨日はひとりで来たのに、今日は邪魔者がいるようだな、春日。我が神社の神主は、私が会いたくないものを平気で連れてくるのか。おまえがいれば私が無視できないと知っていながらか？」

黒江とともに訪れたことをはっきりと責められ、冷や汗を掻いた。一昨日から幾度か揶揄されたり呆れられたりはしたが、ハクにこんな態度を取られたことはない。むしろ彼は、なんだかんだといっても春日に好意的だった。

ひとつ深呼吸をしてから、黒江が勝手についてきただけだなんて下手な言い訳はすべきでない、しかし誤解はされたくないと慎重に言葉を返した。

「……ハクはいやがるだろうとは思った。でも、なにもおれはあんたたちを喧嘩させたいわけじゃないぞ。ハクのことも村のこともよく知ってる黒江さんが話したほうが、おれがどうこう言うよりあんたも現状がわかるだろ。だから、一緒に神社に行きたいっていう黒江さんを無理には追い払わなかった。それは、おれの意思だ」

「別にあれと話をする事柄もないがね」

「黒江さんにはあるからここまで来たんだろ？　あのひとだって別にあんたを怒らせたくて山登ったわけじゃないよ」

ハクは春日の言葉に、は、とひややかに笑い、まず不本意であることを示した。それから腰を上げ、今日は扉の向こうには去らず鳥居の前まで黙って歩いた。渋々ではあれ、春日の言い分をとりあえずは聞き入れることにしたらしい。

鳥居を挟んで向かいあうハクと黒江をはらはらと見つめた。先日のように言い争うならあいだに入るべきだろう。あのときはまったく意味がわからなかったので口を挟めなかったが、いまはいくらかは把握しているのだから止めてもいいはずだ。

黒江は上面《うわつら》だけの笑みを浮かべて、「やあ、ハク。ずいぶんと機嫌が悪そうだけどまさか僕のせいかな？」とかつての仲間へ声をかけた。理性的な対話をすべく努めると言ったくせに、そうあおるものではない。ハクの後ろから春日が睨《にら》みつけると、黒江は小さく肩をすくめて言葉を続けた。

「ああいや。いまのは僕が悪い。ハク、謝るからそんな顔をするなよ、ごめんね。今日はただ村のひとたちが困っていることを伝えに来ただけだ。神社には入らないし、話をしたらすぐに山を下りる。だから聞くだけは聞いてくれ、来た目的が果たせないままじゃ戻れない」

「おまえは相変わらず図々しいな。話を聞いてやる義理もないが、聞かないと帰らないというならさっさと話してさっさと去れ」

「君は相変わらず冷たいね。まあこうして少しは相手してくれるんだから、春日くんのおかげで、一昨日よりはいくらかまともな他人への対応を覚えたのか？」

不快を秘めないハクの声に苦笑して黒江は言葉を連ねた。だからあおるな、と春日が再度じろりと睨むと、彼もまた「いや、ごめん」と謝罪を口に出す。これではあいだに誰かいなければろくに会話もできまい。遠慮もなにもない物言いは、彼らがそれだけ近しい間柄であったからこそのものだろう。とはいえまるで子どもの諍《いさか》いだと若干呆れてしまう。

時々嫌みたらしいやりとりをし、そのたび春日に視線で叱られつつも、黒江は現在村が抱えている問題についてはきちんと喋った。村に害獣による農業被害が出ていること、春日が呼ばれたのはそれを大神様に訴え助けてもらうためであること。まとめてしまえばその程度の内容なのだが、確かに、一昨日やってきたばかりの人間が説明したところで深刻さを欠く。

「なんとかしてくれと頼まれて、春日くんはほとほと困ってる。君が動かないからだよ、ハク。別に村を助けろなんて言わないけど、神主様がなにを考え、なにをためらっているのかくらいはちゃんと聞いてあげたらどうかな？」

最後に軽やかな口調で、春日にはもっとも言いづらい事情を明かし、黒江は神社に背を向けた。ひらひらと片手を振って来た道を帰っていく彼の背を眺め、とりあえず派手な喧嘩にはならなかったとほっとする。

同時に、黒江が正確に春日の置かれた立場をハクに語ってくれたことには感謝した。それで真っ白な大神様がなにを思うのかはさておき、まずは状況を知ってもらわなければどうにもならない。

「なるほど。おまえは困っているのか」

黒江が去っても動かず口を閉ざしていたハクは、しばらくののちに春日を振り返りそう言った。彼の表情からは先ほど見た嫌悪は消えており、これにも安堵する。

彼はただ単純にかつての仲間と相容れないだけであり、その言葉自体にまでまったく耳を傾けないというわけではないようだ。聞いてくれと乞われ、むしろ案外と律儀に聞いたのか。そういえば黒江は、ハクを頑固な性格だと評する一方で、順序正しく申し述べれば彼も聞きはする、とも言っていた。

再度拝殿の階段に座ったハクに指先で促されて隣に座った。昨日と同じくひとり水筒から茶を飲んでいると、甘くも冷たくもない口調でこう問いかけられる。

「それで、おまえはなにを考え、なにをためらっている？　言いたければ言えばいい。私は神の使いだ。我が主への愚弄や非難でない限り、話を聞くだけは聞くが」

「……おれは、いまの山や村の状況についてあんたがどう思っているのかを考えてるし、村の頼みをそのまま馬鹿正直にあんたへ伝えていいのかってためらってるよ。大神様と喧嘩なんてしたくないからな。この山そのものが神で、あんたが神の忠実な眷属なら、多分、人間とは気が合わないだろ」

自分なりに慎重に言葉を選び、なるべく丁寧に答えた。黒江が言ったように順序正しく申し述べれば聞いてくれるのなら、そのようにすればいい。

この神社の大神様は、おいそれとは近づくなと伝えられているわりには心安いところがあるよなと思った。素直な面もあるから、と言ってしまってもいいか。ハクはそうそうひととなじんだりしなかったと黒江は言っていたので、あるいは、信仰心の有無はさておき一応は神職が相手であるからなのかもしれない。

「つまりおまえは、自分が馬鹿正直に意見すれば私と喧嘩になると思っているわけか？　神社に仕える神主とはいえ人間だから、神たる山に住まう私とは気が合わないか」

春日に対してハクが示したのは不快感ではなかった。訊ねる声には怒りも苛立ちも見受けられない。

彼はただ単純に、おのが隣にいる神職の立ち位置を確認したかっただけだろう。

「神主がどうとかいうのは、おれにはよくわからん」

少し考えてから率直に答えた。自分は敬虔とはいえないなんて初対面で告げたのだし、いまさらハクにお綺麗なことを言ってもしかたがない。

「気が合わないってのは山と村がってことだよ。だから村の要求だけ聞いてあんたに頼めば喧嘩になるし、おれだってそういうのはいやだ。おれ含め人間の視野ってのは狭くて偏ってるから、ひとつの集団から見たものだけを神の眷属に押しつけるのは、不敬なおれでもさすがに気が引けるぞ」

「おまえは神職らしいのかまったくらしくないのか、どうもわかりかねるな。要するに我が社の神主は、私と人間のあいだで板挟みになり困っているのか？　ならば単純にそう言え、私は聞くだけは聞く」

「……あんた、黒江さんとは喧嘩するのに、おれにはぬるいよな？」

思ったままを告げると、ハクはそれまで鳥居のあたりを眺めていた目を春日に向け、呆れたような顔をしてこう言った。

「おまえがクロエと等しく頑《かたく》なに人間の立場でしかものを見ないつもりであるのなら、いまからさっそく喧嘩をしても構わないがね。不敬な神職は無自覚なのだとしても、おのがあるべきをわきまえているよ。あれにもそうした心がけがあれば、私とてわざわざ追い払いはしない」

まず首を傾げ、それから浅く頷いておいた。自分はおのがあるべきをわきまえてなどいないと思う。

とはいえ、神の眷属がそう考えているのならば否定するのもおかしい。

またその口ぶりから、ハクと黒江が互いに相手を受け入れられないのは、かたや神および動物サイド、かたや人間サイドだからこそであり、きっとそれ以上の遺恨はないのだろうと察せられた。昨日も似たようなことを感じたのだ。

それからまたしばらく黙ったあと、ハクは淡々と山およびそこに暮らす動物の話をした。彼曰く、獣たちは山の伐採により住まう環境が変化し、人間との共存がかなわなくなってきたために、怒りをもって村を荒らすのだという。

動物を従える立場にある神の使いは、この状況をなぜ放っておくのか。その力を行使して獣を抑え、争いをなくすこともできるだろうに、どうしてそうしない？　特に他意もなくそんな意味の質問をしたら、ハクは冷めた調子で答えた。

「抑える理由もないではないか？　人間に居場所を奪われた彼らが怒りを覚えるのは当然だ」

そう断じられてしまうと反論もできず口を閉じるしかなかった。むかしに較べてこのあたりも変わった、獣たちも怒っているのかもしれない、酒を飲みながら那須野もそのようなことを言っていたと思い出す。

村の長は聡明《そうめい》だ。それでも、山の伐採計画なんて村の意思だけでどうこうなる問題ではなかろうし、ならば彼らにもなにもできない。

村に暮らす人間にも山に住まう動物にも言い分はあり、いずれかのみが悪なのではなく、また、誰がどうこうできるものでもするものでもないのか。そう考えたら歯がゆいような悔しいような複雑な気分に囚われた。

「なあ、ハク。あんたはいまの状況をここで見てて、なにを感じるんだ？　理屈だけじゃなくて、それに伴う感情の話だよ。止める理由もないだろうが、止めたくなったりしないのか」

ひと通りの説明をしてハクが口を閉じたので、その横顔を眺めなんとなく訊ねた。彼は前を見つめていた視線を隣の春日に戻し、怪訝《けげん》そうに眉をひそめてこう言った。

「感情か。そのようなものがなにかの役に立つのか？　私は感情といったものがよくわからない」

「わからない？　いや、わからないってことはないだろ。あんた笑いもするし怒りもするじゃないか。喜怒哀楽くらいあるだろ？」

「あるのだとは思うが、もうずっと長いあいだ笑いも怒りもしていなかったのでね。どういうものなのか、どうして存在するのか、よくわからなくなってしまった」

驚いて問い返したらあっさりそう答えられたので、今度はなんだかしんみりした。胸のあたりがひりひりと痛くなる。

からかうものだったり呆れ半分だったり、ただ単純に楽しげだったり満足そうだったり、春日に対してハクはしばしば笑みを見せた。黒江相手には不愉快そうな顔もした。この大神様には間違いなく感情があるのだろう。

なのに、黒江が去り春日が訪れるまでの五十年間たったひとりでいたものだから、それが自覚できなくなってしまった、わからなくなってしまったのか。

さみしい。先日も覚えたそんな思いが湧いて、つい「あんたそれでさみしくないのか？」と口に出した。ハクは質問の意味が理解できないというように何度か目を瞬かせてから、不思議そうに春日に訊ねた。

「さみしいとはなんだ？」

小さな吐息は無意識のうちに洩れていた。そんな気持ちも知らないかとさらに切なくなる。

「……充たされない感じだよ。誰とも対等に気持ちを通わせられなくて、心に穴があいてるみたいな気分になることだよ」

言葉にしたところで無駄かと考えはしたが、下手くそながらもなんとか説明をした。鼻で笑って退けられるかと思ったのに、意外にもハクが静かに、目をそらしもせず聞いているのでかえってうろたえる。

「……それから、気持ちを通わせられると思える相手と離ればなれになるときには、苦しくなる。胸のあたりが痛くなる。さみしいってのは、そういうやつ」

真っ直ぐな視線に半ば気圧《けお》されつつ、頭の中で懸命に組み立てたセリフをなんとか声にした。ハクはそこまで黙って聞いてから、特に試すでも馬鹿にするでもなく春日に問うた。

「対等に気持ちを通わせるとは、どういうことだ？　いまの私は神たる山で動物たちとともにある。どちらとも意思は通じている」

「だから、それは対等じゃないだろ。神様は絶対的に偉くて、動物は配下みたいなもんなんだろ。一方向の矢印しかない指示系統なら、そりゃ感情なんて必要ない。おれがいま言ってるのは、上も下もなく従えるも属するもなく利害もなく、ただ好意を抱ける相手と思いを共有するってことだよ」

たとえばむかしのハクと黒江はそういう関係にあったのではないか、それとも組織の一部としての義務的なつきあいだったのか、と訊くのはやめて答えた。ここでわざわざ黒江の名を出せば、ハクは余計に意味がわからなくなるかもしれない。

理解しているのかいないのか相変わらずじっと春日の目を見つめたまま、ハクは次にこう言った。

「では、離れればなれになるときの苦しさや痛みとは、なんだ」

この男は、投げたボールが落ちるのはなぜですかと訊ねて回った子どものころの自分より、よほど返事に困る質問をすると思う。どう説明すれば伝わるのかと大いに悩んでから、努めてシンプルに回答を示した。

「誰かと、もっとそばにいたいのにって感じること」

春日のセリフを受けてハクはまたしばらく黙り、そののちに「考えておこう」と告げた。その声が真摯《しんし》なものであったので、ますます切なさに囚われた。この男は実は極めて素直であるし、他人の言葉を聞き受け止めるべきと判断すれば真面目に考える。だからこそ、余計にやるせない気持ちになった。

こうも実直にひとの話を聞くことができるのに、長いあいだハクはこんなふうに他者と、それこそ対等に会話をすることなどなかったのだろう。さみしいに決まっている。それを気づかせて、和らげられる相手になってやりたい。

おのれの中にある感情もわからぬままひとりぼっちでただ生きているのなんて、哀《かな》しすぎやしないか。この男に哀しい存在であってほしくない。さみしいときにはさみしいと言ってほしいし、楽しいならばそれを実感し笑ってほしい。こうした思いが芽生えるのはなぜだ。

あるいは自分は彼に、いつのまにか好感のようなものを抱くようになっていたのか。これは、好意か？

「さてでは、声を聞かせてくれないか、春日。せっかく来たのだから、あちらの神社で祝詞のひとつも奏上していけ。おまえの声は快いんだ」

黙りこくっていると不意に話題を変えられて、湧いた感情はそのままに短く「わかった」と答えた。

彼が快いと感じられるのであれば祝詞くらいはいくらでも唱えるし、ついでにまた境内の掃除でもするか。そこまで考えてから、自分がすっかり大神様や、彼の形作る『あるべき神社』の姿を受け入れていることに気づいた。

それはすなわちおのが役割が、神の眷属、また彼の主たる神に仕えるものであると認めたということになるのか。作法や祝詞を覚え、一年間来る日も来る日も父親が宮司を務める神社へ通った。それでも自分が神職であるなんて自覚は身につかなかったのに、この山へ来てたった三日でこうも変わるものか？

「ハク」

隣で立ちあがった男に声をかけると、視線で先を促された。なので、少し迷ってから今度は春日から彼に問うた。

「おれは敬虔とはいえない、罰当たりな神主様だよ。自分の仕事をいまいち理解してない。神様なんて数字でも化学式でも示せないものはよくわからん。それでも、あんたはおれが祝詞をよめばちょっとは気持ちがいいんだよな？　これで間違ってないよな？」

「春日はなにも間違っていない。いまはまだ理解できずとも、おまえはおまえのあるべきをわきまえている。先ほどもそう言ったはずだが？　覚えが悪い男だな」

ハクは春日に視線を向け、面白がっている口調で答えた。いつかも見たようないたずらっぽい彼の表情に、いやにほっとしたのはなぜなのだろう。

「なにより私にとっておまえの声は好ましいものだ。神にとっても動物たちにとっても同じだ。ならば他に必要とするものもあるまいよ」

「……そうか」

ひとつ頷いてから、ハクにならって腰を上げた。彼の言葉は不思議なくらい心に沁《し》みた。

きっとこの大神様は、突如訪れた不良神職の心境を、その変化を正確に察している。春日が口には出さなかった、理解できずともすっかり受け入れているという事実を知っている。だからこそ、あるべきをわきまえているなんてセリフを平気で口に出し、楽しげに笑えるのだと思う。

その後も春日は毎日神社へ出向いた。風が強い日も雨が降る日も、行かない、という選択肢はどうしてか思い浮かばなかった。

あの頑固者にいくら尽くしたところで害獣は減らず農業被害は深刻化するばかりだ。無駄だ。黒江に何度かそう意見されたが、それでも神社へ通うのをやめようとは考えなかった。

黒江の言う通り、山の神とその眷属に心尽くして仕えても問題は解決しないのだろう。少なくとも、動物たちを抑えようとはしていないハクの意思が変化しない限りは、ウサギもイノシシも田畑に現れる。そしてハクは簡単に考えかたを変える男には見えなかった。であれば自分のしていることは確かに無駄だ。

理解しているつもりではある。ただ無策に神社へ足を運ぶだけでは自分は村の役には立つまい、神主様としては失格だ。しかしなお神社へ行こうと強く決意した理由は、ハクに会いたい、それだけだったのかもしれない。

あの美しい大神様の姿が見たい、そばにいたい。清らかな異界の神社へ身を置きたい。ハクが快い、好ましいと告げた声で祝詞を唱えたい。

なにより、ハクともっとたくさん話がしたい。そうすれば彼はおのが喜怒哀楽を自覚し、さみしさに気づけるかもしれないだろう。いまの自分がまず第一に願っているのは、ハクの感情を豊かに彩ることだ。村を助けるためには具体的になにをすべきか、それを考えるのはハクときちんと心を通わせてからだ。でなければどんな言葉も大神様には届かない。

「楽しい」

古びた神社でハクがそう言ったのは、黒江とともに神社を訪れてから二週間ほどたったころ、いつのまにか村の田植えもすっかり終わっていた六月のはじめだった。

普段通り並んで拝殿の階段に座り、どうでもいいようなことを語りあっていたときだ。ひとりで水筒から冷えた茶を飲んでいた春日は、彼の言葉にびっくりしたあまり茶を吹き出しそうになった。

「おまえがここへ来てともに話をするようになって以来、気持ちが華やいでいる。草木も花も、より美しく見える。もう久しく忘れていたが、きっとこれを楽しいというのだろう。春日、なぜ驚いているのだ？」

「いや。いやいやいや、おれはいま、幼子がはじめて言葉を発したときくらい嬉しいぞ」

派手にむせ返ってからなんとか言葉を返したら、ハクは不思議そうな顔をして問うた。

「どうしてだ。私はずっと言葉を発し、おまえと話をしていたつもりだったが、聞こえていなかったのか？」

「いや、だから、そうじゃない。あんた、楽しいんだろ。いままでよくわからなかったのに、ちゃんと楽しいって感じてるんだろ？　嬉しいじゃないか」

「私が楽しいと感じれば、おまえは嬉しくなるのか？　まあ、ならばそれでいいが」

春日の返答がいまいち理解できていないという表情のまま、ハクはそう言い頷いた。咳《せき》が収まってからひとつ深呼吸し改めて茶を飲みつつ、じわりと胸のあたりが熱くなってくるのを感じた。

感情がどういうものなのか、どうして存在するのか、よくわからなくなってしまった。二週間前にそんなことを告げた男が、楽しい、と実感できるようになったのだ。気持ちは華やぎ草木も花もより美しく見える、それは彼の中で喜怒哀楽が確かな彩りを放ちはじめた証拠だ。ならば、そのようなものがなにかの役に立つのか、なんて哀しいことはもう言わせたくない。

おまえがここへ来てともに話をするようになってからと彼が言うのなら、自分の願いもいくらかは通じているということだろう。自分は、ハクが豊かな心を取り戻すために少しは役立っている。そう思ったら先に口に出した通り、たまらなく嬉しくなった。

楽しい。楽しい。ハクが言った言葉を頭の中でくり返す。胸の奥のほうから嬉しさと同時に、なんともいえない愛おしさのようなものがこみあげてきて僅かばかり戸惑いはしたが、どこかで納得している自分もいた。

ずっとひとりぼっちだった世界に輝きを宿しはじめた彼に対し、そんなあたたかな感覚を抱くくらいに、自分はいまこの男のそばにいる。近しくあるのだ。

「なあ、ハク。あんたは愛おしいという気持ちがわかるか。誰かを愛したことはあるか？」

湧きあがった思いをそのまま声にしたら、ハクは、先日さみしいという感情について話をしたときと同じように二、三度目を瞬かせて答えた。

「愛おしい？　愛おしいとは、なんだ。誰かを愛するとはどういうことだ？」

なるほど、さみしい、と等しく彼はそんな感情もまた知らないか。彼の返答にしんみりしつつも、それなら自分がまた教えてやらなくてはと頭の中で言葉を探した。

とはいえ牧師でもあるまいし、そうすんなりとうまいセリフなんて出てこない。神社神道では愛を説くことなんてないし、そのうえ自分もそれほど愛というものをきっちり理解しているわけではないのだ。

真っ直ぐな視線を向けたまま春日の説明を待っているらしいハクに、しばらく悩んだのち可能な限り簡単に言った。

「誰かを愛するってのは、このひとがしあわせであるためならばなんでもしようと思うことだ。そういう気持ちを愛おしいって言うんだよ。そして、愛するひとがしあわせであれば自分もしあわせになる」

「しあわせ。しあわせとは、なんだ？」

「心が充ちていることだ」

間を置かず問われ特に迷わず答えた。答えてから、ああ、そういえば先日も似た単語を使ったなと思い出した。

さみしいとは、充たされないこと。しあわせとは、充ちていることか。おのれで選んだ言葉で定義してようやく、少なくとも自分にとってはそういうものであるらしいと、おそらくは生まれてはじめて認識した。

「なんでも、とおまえは言うが、具体的にはなにをする？　よくわからない」

　あの日と同様に真っ直ぐ目を合わせたまま訊ねられ、今度はいくらか無言で考えた。この男だって自分と等しくおのが頭で納得しなければ気がすまない性格なのではないか、いまさらのようにそう思う。

「……たとえば、誰かがしあわせであるためにさみしかったらそばにいて癒《い》やしたいとか、危険にさらされているときには助けたい、問題を抱えているのならともに解決したいとかだよ。しあわせであってほしいひとが、しあわせだと笑ってくれれば、自分だってしあわせだろ。いや……具体的にと言われると結構悩むな」

「そういった行動は相手のためでありおのがためでもあるという解釈でいいのか？」

「いい。合ってる。ああ、あとは、あたたかさを分かちあいたいとか、一緒にいたい、触れたい、触れられたいとか、そんな感じか」

　頭の中で探し出し不格好に組み立てたセリフをなんとか口に出してから、これはちょっとおかしい、後半は若干意味合いが異なるかと気がついた。触れたい、触れられたいというのは愛よりむしろ恋愛に近い。とはいえ、やっぱりなしと告げればハクはますます意味がわからなくなるだろうし、恋愛だって愛のひとつであるには違いないから構わないかと撤回するのはやめた。

ハクは少しのあいだ黙って考える様子を見せ、そののちに眉をひそめ「難しい」といたって真面目な口調で言った。

「理屈としては理解した。おまえがいつか私に教えたさみしいという感情の真逆にしあわせとやらがあり、愛とはそのしあわせを生み出し維持することなのだろう。だが、それを自身の中に探すのは難しい。いまの私はおそらくそうしたものを持っていない」

「まあ、自覚してないだけで実は持っているかもしれないし、そのうち持つようになるかもしれないし、ずっと持てなくてもそれはそれだよ。別にいいんじゃないか？　おれはあんたを困らせたいわけじゃないから、そんな顔すんな」

軽く返した言葉は、半分は本気で半分は嘘だなと自分でもわかってはいた。この男にさみしさや愛といった感情を知ってほしい。でなければ、いつかも感じたようにハクは哀しいいきものとして生きることになってしまう、そんなのはいやだと思う。

しかし、いまここでなにを強いても知れるものではないのだから、言えるのはこの程度だ、あんたはさみしいはずなんだよと他人が詰め寄るのもおかしいだろう。

自分がハクに対して抱いた愛おしさを、彼が困惑しないように少しずつ示し、ひとりぼっちの大神様の中にも同じ感情を芽生えさせてやりたい。この男をさみしいままにはしておけない。誰かを愛するあたたかさを伝え、彼にも味わってもらいたい。

こんな思いが湧き出してくるのは、なぜだ？

二週間前、さみしいとはなにかとハクと語りあったときにも似たようなことを感じた。そしてあのときはこう考えた。

あるいは自分は彼に、いつのまにか好感のようなものを抱くようになっていたのか。これは、好意か？

いまならばはっきりと答えがわかる。これは好意だ。愛おしい、つまりはしあわせであれ、そう願うくらいに自分はハクのことを好ましいと思っている。

その後、水筒をリュックサックに押し込んでから、いつものように異世界の『あるべき神社』へ行った。狼の姿でくつろぐハクの前で祝詞を唱え、拝殿の清掃をする。

ついでに参道も掃除しておくか、と思いついたのはなんとなくだ。拝殿にハクを残して境内をうろつき、探し出した箒《ほうき》で丁寧に石畳を掃く。

こうして神社を清めるのは神やその眷属のためであり、同時に自分のためでもあるのだと、いつかと似たようなことを考えた。箒を動かすたびに心が浄化される。神職の役割とは頭でどうこう思案するものではなく、こんなふうに空気から伝わる感覚で理解していくものなのかもしれないと思った。

鳥居の向こうに可愛らしい野ウサギの姿を認めたのは、境内の掃除をあらかた終えたときだった。見たことがある、ような気がする。

いつもハクと仲睦まじく遊んでいるあのウサギだろうか。ハクを探してか境内を眺めていたらしいウサギがふいと背を向けたので、特に意図もなく数歩そのあとを追いかけ、そこではっと気がついた。

いま自分は、異世界の神社の鳥居をくぐった。外に出た。

私とともにあちらの『あるべき神社』にいるあいだは、境内から出るなよ。確か二度目にこの神社を訪れた際にハクはそう言っていた。理由もわからぬまま頷いたことを覚えている。

ハクの言いつけを破ってしまったと、慌てて神社を振り返った。そこで春日はぎょっと目を見開いた。

綺麗に整えられた美しい『あるべき神社』は、春日が背を向けていた一瞬の間に、雑草の目立つ古びた現実世界の神社、すなわち『あるがままの神社』に姿を変えていた。

いつものように白い霧がかかったわけでもないので、ハクの意思でもとの神社に帰ってきたのではないと思う。ではなぜいま自分はこの寂れた神社の前にいるのか。考えてもわからない。

焦って鳥居をくぐり境内に戻った。拝殿の扉を開けてみてもハクの姿は見当たらない。狛犬の陰だとか拝殿の裏だとか、思いつく限りの場所を探しても彼を見つけることはできなかった。そもそもどこかに隠れられるほど広い神社ではないし、だから確実に、ハクはいまこの境内にはいないということだ。

じわりといやな汗が滲んだ。理屈はわからないが、もしかしたらハクは異世界に、自分は現実にと引き離されてしまったのか？　だからハクは境内から出るなと釘《くぎ》を刺したのだろうか。そうではなく、春日がハクとの約束を破ったから怒ってどこかへ行ってしまった？　どちらにせよ悪いのは自分だ、なんとかしなければならない。

まずはハクを探し出すべきだ。神社をうろついても無駄ならと再度境内から出て、いつか黒江が歩いていった方向、山の奥へと続く道へ足を踏み出す。

彼がまだ『あるべき神社』にいて、『あるがままの神社』ではその姿が見えないというのならばどうにもしようがない。しかしそうではないのならこの山のどこかにはいるのだろう。ぼうっと突っ立っていてもしかたがないので、とりあえず自分にできることをするしかない。

ハク、どこだハク、時々声を張りあげつつ歩いた。はじめて辿る山道は神社までの道よりも足場が悪くて、油断をするとうっかり転びそうになる。ろくにまわりを見ている余裕もない。

ふと頭上に知らない気配を感じたのは、神社を出て三十分ほど山を登ったころだった。気配というより、悪寒を呼ぶような違和感と表現すべきか。足を踏み外さないよう必死になっていたので、木が風に揺れているだけではないざわざわとした音が聞こえていることにも、それまで気づいていなかった。

はっと上を見あげると、十数羽の真っ黒な鳥が木に止まり、こちらをうかがっている様子が目に入った。中でもひときわ大きな一羽と視線が嚙みあったような気がして、ぞくりと鳥肌が立つ。

そういえば、はじめて神社を訪れた日の帰り道でも鳥を見た。同じ個体かどうかはわからないが、等しく大きい。

あのとき、春日は烏に対していいようのない恐ろしさを感じた。あんな烏に敵意をもって襲われでもしたら傷だらけの穴だらけになりそうだ、そんなことを考えもした。黒江が、そうか、様子を見に来たか、なんて意味のわからない言葉を呟いたので気にかかり、烏の姿も感じた怖じ気も妙にはっきりと意識の片隅に染みついてしまったのだ。

烏の群が襲いかかってきたのは、春日が彼らに気づいて息をのんだ、十秒ほどあとだと思う。大きな一羽は高慢な指揮官のように動かず、それ以外の烏が一斉に春日をめがけ舞い降りた。

みっともない悲鳴を上げたはずだ。しかし混乱と恐怖心のせいで、自分の耳にはよく聞こえなかった。

十数羽の烏はしばらくのあいだ、獲物をもてあそぶように春日の周囲を飛び交っていた。鋭い嘴《くちばし》や爪はせいぜい服を掠めるくらいで肌にまでは刺さらない。あるいは彼らはそうして、春日がどういった反応を示すのか試していたのかもしれない。

一羽、二羽ならともかくこの数だ。相手が本気になればまさに傷だらけの穴だらけになる、どころか下手をすればなぶり殺されるのではないか。まともに動けもせず身体を強張らせたまま懸命に策を考えるが、当然こんな状況ではなにひとつ良案は浮かんでこなかった。

逃げられまい、もう駄目か。春日が半ば諦めたそのときに、不意に烏の動きが止まった。彼らの視線がそろって春日の背後に向いていたのでつられて振り返り、つい大きく目を見開いた。

湧きあがってきたものは安堵なのか、畏れなのか。そこに立っていたのは大きく真っ白な狼だった。ハクだ。

狼はゆっくりとした足取りで春日に近づいてきた。烏たちを見る視線は鋭く、歩く姿は威風堂々としており、また、神の眷属に相応しい気高さを感じさせる。異世界の神社でくつろいでいるときとはまったく異なる雰囲気に、ああ、これがハクなのだと、いまだ呆然としつつも強く実感した。

この山に住まう大神様は強く美しい。

狼は吠えもしなかった。春日を囲む烏に目を据え歩み寄ってきただけだ。それでもハクに睨まれた烏たちは恐れをなしたように一羽、また一羽と空へ戻っていく。動物を従える存在とはこうしたものかと、声も発せず突っ立ったまままその光景を見ていた。

まわりに飛び交っていた烏がすべて去ってから視線を上げると、青い空を遮る木々の緑のあいだに、あの大きな一羽だけが残っていた。なぜあの一羽は逃げないのだ、ハクが怖くはないのかと、烏と狼を交互に見つめはらはらする。

ハクは少しのあいだ烏を見あげていた。烏もまた微動だにせずハクを見下ろしている。互いに、威嚇する、という様子はない。なにを考えているのか、ただじっと見つめあっている。

そののちにハクは烏に背を向けて、春日がここまで登ってきた、神社へ戻る道を歩き出した。はっと我に返り慌ててそのあとを追いかける。異世界の神社を出てしまったことについてどう謝ろうかと考えていられたのははじめのうちだけで、険しい山道にすぐに息が上がり、途中からは狼に取り残されないようにとそれだけに必死になった。

三十分ほど歩き、見慣れた古い神社が見えてきたときにはほっとした。狼に続いて鳥居をくぐり、扉を開けた拝殿に足を踏み入れたところでようやく完全に脱力する。

ひとりへたりと畳の上に座り込んだ。よかった。ハクが来てくれなかったらあのまま烏の嘴や爪で引き裂かれていたかもしれない。そう思うと、彼のおかげで助かったという安堵で大きな溜息が洩れる。

神社へ戻りすっかり安心したせいなのだろう。そこで不意に、頭上に烏の群を認めたとき、それらが襲いかかってきたときの恐怖がまざまざと蘇ってきた。

怖かった。

「……ハク」

掠れた声で名を呼び、すぐそばまで寄ってきた狼に震える手を伸ばし縋《すが》りついた。ごめんなさい、ありがとう、そんな言葉も口に出せぬままぎゅっと腕に力を込める。

ハクはあたたかく、しっかりとした身体の感触は頼もしかった。見た目よりもやわらかな被毛に顔を埋《うず》め、目を瞑り、落ち着け、もう怖くないからと自らに言い聞かせながら深呼吸をくり返す。

彼にしがみついているうちに、手の震えは徐々に収まってきた。この男は自分を守ってくれたのだ。動物を抑える必要もないと考えているのに、自分のために烏の群を抑えた。そう考えたら、恐怖心にかわり、じわりと嬉しさがこみあげてくる。

その嬉しさは、今度は次第に愛おしさへと色合いを変えた。先ほど、愛とはなにかなんて話をしたときよりも、はるかに強い感情だった。

あたたかいというより、熱い。心の中に知らない炎が灯《とも》ったような感じがする。怖い、恐ろしい、ついいま囚われたものとは真逆の思いに胸のあたりが苦しくなった。

は、と微かな喘《あえ》ぎを洩らしたのはほとんど無意識だった。自分はこの男に愛情を抱いているのだ、息苦しいくらいにハクが好きだ。改めてそれをはっきりと自覚する。

「春日。まだ怖いか？」

しばらくのあと、低く、静かにそう問いかけられた。まず首を横に振って否定を示し、それからびくりと身体を強張らせる。狼でいるときには喋らないはずの男が、喋った。

触れるハクの感触がやわらかな被毛から狩衣のものに変わっていることに、そこでようやく気づいた。この男はいつのまにか、狼から人間へと戻っていたらしい。

きつく目を閉じ被毛に顔を埋めていたせいで、また、あふれ出してきた感情で胸がいっぱいで、拝殿に充ちたのだろう光を気にかける余裕もなかった。そういえば瞼の裏がちょっと眩しかったかもしれない、覚えていたとしてその程度だ。

思わず、飛びのくようにハクから身体を離した。心臓がばくばくとうるさく脈打ちはじめる。手を触れたことさえなかったのに、狼の姿であったからそんな意識もないまま、自分は夢中になってハクに抱きついていたのだ。いまさらのようにそう認識したら、頬のあたりがどうしようもなく熱くなった。

目が回る。肌は勝手に火照るし頭はくらくらする。この反応はなんだ、意味がわからない。それどころか、もっと触ってみたい、なんて欲が思考を押しのけ湧きあがってくる。

どういうことだ。まるで恋に落ちてしまったみたいではないか？　自分は彼に、いつの間にか恋をしていたのか。

一方、ハクはなにも感じていないような顔をして真っ直ぐに春日を見つめていた。一瞬怯むほどの美貌にはこれといって動揺も、また嫌悪も見られない。

落ち着け、落ち着け、先刻とは違う意味合いでおのれに何度も言い聞かせ、とりあえずは「ごめん」と短く告げた。許しも乞わずしがみついていたことへの謝罪のつもりだったが、ハクは別の受け取りかたをしたようだった。

「いや。怒ってはいない。あちらの神社から外に出る危険性を説明しなかった私にも落ち度はあるだろう。私の支配が届かない山は、神職とはいえ人間であるおまえがうろつく場所ではないな」

この男は、春日が『あるべき神社』の境内から出たことを詫びているのだと考えたらしい。そうじゃない、と言いかけた口をいったん閉じ、ひとつふたつ大きく呼吸してから、ハクに合わせて「どういうことだ」と問うた。彼が不快に感じていないのであればわざわざ、抱きついてすみません、ときめいてごめんなさいなんて馬鹿正直に謝る必要もあるまい。

「いつかも言ったように、あちらの神社は神の見ているあるべき姿を、私の力をもって具現化しているものだ。とはいえ力が及ぶのは境内のみで、外に出ればあるものは現実の山だ」

開け放った扉の向こう、鳥居の方向を指さしてハクはそう説明した。いまいち理解できず春日が首を傾げると、ハクはどう言えば伝わるのかと考えている様子を見せ、いくらかの間を置いてから続けた。

「あちらの神社にいるあいだは、私はおのが力を社の形成のみに使っている。楽なものではないからな。なので、普段は動物たちのすべてを見通していても、その間だけは私の支配が届かない。だが、たとえ私が目を離しているうちに争いが起きようと、それは自然の範疇《はんちゅう》だ。私は問題視しない」

「……あんたなら問題視しないいな」

「つまり少々の留守は許容範囲であり、彼らに任せてよいと考える。しかしこのところ、ある神主が山に出入りしているのでね。不用意には留守にしないようにしていた。この神社までの道ならともかく、私の支配が及ばない山をああも奥まで登られたら、動物たちはおまえを襲う。怒りを抱く以前に彼らも人間が怖い」

しばらく黙って彼の言葉を頭の中で整理し、つい肩を落とした。要するに自分はこの山にとってはただの異物であり、ハクが見張っていなければ深く踏み込むやいなや排除されるというわけか。人間のことしか考えない、そういう偏った思考は持ちたくないし持っていないつもりでも、動物から見ればひとなら誰もが等しく人間サイドだ。

「守ってやりたい」

いささか消沈している春日になにを思ったのか、ハクは珍しく、いやに優しげな声で告げた。

「普通であれば人間などは放っておき、熊の食料にでもさせるところだ。しかし、どうやら私はおまえだけは守りたいらしい。私にとっておまえは、他の人間とは違う、特別な存在であるようだ」

彼のセリフを聞いた途端に、少しは収まっていた火照りが蘇ってきた。こんなときに守りたいなんて言うのは狡《ずる》いだろう。ハクにしてみれば深い意味はないのだろうが、そんな言葉を聞かされたらうろたえる。

この男は自分を特別視しているのか。

「あちらの神社でおまえの姿が見えなくなったことにしばらく気がつかなかった。てっきり境内を清めているのだと思い、ひとり拝殿でくつろいでいた。そのせいでこちらに戻るのが遅くなったな。怖い思いをさせて悪かった」

「……そうじゃない。おれが言いつけを破ったせいだから、あんたは悪くないだろ」

「間にあってよかった。この山の烏は、少々気難しい」

名残しかない祭壇を振り返り、ハクはそう呟いた。この山の烏は少々気難しい、か。そういえばいつかどこかでそんな単語を聞いたような、と考えかけ、しかしすぐにそんな曖昧な記憶は頭の隅に追いやられた。ハクが現実世界ではじめて狼の姿になっていたことを思い出したからだ。

「そういえばあんた、こっちでも狼になれるんだな。いつもひとじゃないか？　なぜだ？」

いまさらの遠慮もなく問うと、ハクは春日に視線を戻し「おまえは現在の日本に野生の狼が存在しないことを知らないのか？」と呆れたように答えた。

「この国の狼はもう絶滅している。あちらの『あるべき神社』でならともかく、こちらで絶滅した種の姿をしているのはひと苦労だ。いくら狼であるのもまた私とはいえ、そうありたいと思うとき、もしくは必要なとき以外は遠慮したいね」

まず僅かばかり動揺し、それからぎこちなく頷いた。ひと苦労、であるのにこの男は狼となり自分を助けてくれたのか。おそらくは、ひとの姿であるより狼であるほうが動物を支配する力が強いのだろう。

「……ありがとう」

他には口に出すべき言葉も思い浮かばずぼそぼそと礼を言うと、ハクは小さく笑った。それから、春日には特になにをも返さず扉の向こうを見つめて、今度はこんなセリフを呟いた。

「烏が騒ぐとは、神は警戒しているか」


以降も春日は毎日欠かさず神社へ通った。

何日たっても烏に襲われたときのことを思い出すとぞっとするが、あれは自分が悪いのだし、同じ失敗をくり返さなければ問題ないと打ち消した。

ハクは、自分が出入りしはじめてからは山を留守にしないようにしていると言っていた。ならば彼が異世界の神社にいるあいだは自分も境内を出なければいいだけだ。なにせ彼は、おまえだけは守りたいとまで言ってくれたのだ。大神様の支配が届いている山ならば危険もあるまい。

「春日くんも健気《けなげ》だね。でも、君がなにをしようがハクは考えを変えないよ」

烏の群に囲まれたあの日から二週間ほどたったころか。朝食後、神社へ向かうために母屋を出た春日へ、倉の裏で煙草をふかしていた黒江が声をかけた。

「ハクは山の神と同様に、人間なんてどうでもいいと思ってるんだ。なにもわかっていないんだ。そんなやつのことなど君も放っておけ」

いつでも優しく穏やかなのに、相変わらず黒江はハクに関することになるとシビアな意見を口に出す。立場の違いがある以上、互いにそう簡単には譲歩できないらしい。ということはわかっても、黒江もハクもいつまで相手を否定し続けるのだ、まるで頑固な子どもの喧嘩だと若干呆れてしまう。

見ている限りどろどろとした恨みつらみはないようだし、顔をつきあわせても冷静に対話ができればきっと、あっというまに、それこそ許容しあえる落とし所も見つかると思う。

しかし彼らにそれを求めるのはまだ早い、ということもまたわかった。少なくともどちらかに歩み寄る意思が芽生えないことには、まず冷静に対話ができないのだ。

「……いや。ハクはちょっと変わってきたと思うぞ」

黒江の前で立ち止まり、少し考えてから言った。なにせあの大神様は、人間である自分を助けるために烏の群を抑えたのだ。近しく言葉を交わす前のハクならば、境内から出るなと警告したにもかかわらずうっかり忘れる間抜けは勝手になぶり殺されろ、それが自然のありかただと放置したに違いない。

紫煙を吐く黒江に視線で問いかけられたので、またいくらか悩んでから続けた。

「あんたの言うように、基本的な考えかたは変わってないだろう。まあ日本の神様の眷属だからな、ひとへの慈愛にあふれてたらかえって気味が悪い。大神様はあくまでも神様と動物の側にいる。でもハクは多分、ほんのちょっとずつ、変わってきてる」

「ハクのなにが変わるというんだ？　村へ下りることなかれとウサギに説教でもはじめたのかな？　馬鹿馬鹿しい。彼は決してそんなことはしないよ、勝手に行けと見ているだけだ」

「まあそうだ。そうなんだが、少なくとも烏を睨みはする」

説明する必要があるのか、むしろ黙っていたほうがいいのか判断できず曖昧に濁した。黒江はそれを聞き、珍しくはっきりと眉をひそめた。

不意の険しい表情にぴくりと肩が揺れる。そういえばいつか黒江とも、ふたりで大きな烏を見あげたよなと、ふと思い出した。

黒江はひと言「烏か」と呟いたきり、しばらくのあいだ黙って春日を見つめていた。普段はやわらかな雰囲気をまとう男が見せる鋭い視線につい怯む。

なにを言えばいいのかわからず同じように無言でいると、黒江は煙草を灰皿に消して母屋のほうへと足を向けた。これから水田での作業に出るのだろう。田植えを終えても水の管理だとか雑草、害虫の防除だとかが必要だそうで、那須野も黒江もほぼ毎日なんだかんだと仕事をしている。

「なるほど。それはずいぶんと大胆だ。ハクらしくないね」

ひらひらと片手を振る黒江が最後に残したその言葉の意味は、いまいちわからなかった。なにがずいぶんと大胆なのか。動物を従えるべき大神様が鳥を睨むのはそうもおかしなことなのかと首をひねる。

そのあとはいつも通り、春日はひとり山へと向かった。六月も半ば、山を彩る緑ははじめて神社を訪れた一か月ほど前より色濃くなり、自然の力強さを感じさせる。

もうすっかりなじんだ山道を歩いて神社へ辿りつき、誘われた異世界の拝殿で祝詞を唱えた。これもまたいつのまにか慣れていた手順で境内の掃除をして数時間をすごし、そののちに現実の古びた神社へ戻って夏子から渡された握り飯で遅い昼食にする。

自分のこうした行動に意味があるのか。ただおのれがハクに会いたいだけであり、村のためにはならなかろう。少なくとも即彼らの役に立つということはない。山を登るたびそんなふうに考えては、ひどい神主様だなと幾度となく自分に呆れた。

しかし黒江に言った通り、ハクは僅かずつでも変わってきていると思う。ならば自分との接触を通しいつかは大神様も、神や動物たちへのみでなく、村の状況にも目を向けてくれるかもしれない。

「日がのびてきたな。陽射しも強くなった」

拝殿の階段に並んで座っていたハクは、食事を終え水筒から茶を飲んでいた春日にそう声をかけた。こんなたわいない世間話ができるようになったことが単純に嬉しい。

頷いて同意を示すと、今度はこう問いかけられた。

「春日。おまえは昼間は毎日私とともにこの神社にいるが、夜は村でなにをしているんだ？　村の人間とはどのような関係を築き、どうやってともに生活している？　ひとのあいだで諍いが起こることはないのか」

大神様は人間の生活などお気になさらないのだと考えていたので、彼が村人たちに言及したことにまずびっくりした。この男は確かに一か月前から徐々に変化している。どういえば正確なのかはわからないが、簡単に表現するならば、ひとのにおいを強くはいとわなくなってきているのだと思う。

とはいえ馬鹿正直に、びっくりしました、というそぶりを見せればハクは気分を害す。あるいは拗《す》ねるかもしれない。内心を悟られないよう無駄に茶を飲んでから、努めてあっけらかんと答えた。

「村のひとは優しくて人懐こいぞ。小さな農村だし、仕事も助けあってるそうだから、きっとみんな家族みたいな関係なんだろ。だからなのか諍いらしい諍いは見たことないな。おれは夜はメシ作る手伝いして、そのあとは毎晩酒につきあわされてる。ああそう、ここの地酒はうまい。供えようか？」

「摂取しようとすれば摂取もできるが、私はものを食べたり飲んだりすることをあまり好まない。必要というわけではないのでね」

「じゃああんたは夜はなにしてるんだ？　メシも食わず酒も飲まず、つまらなくないか」

特に深い意味もなく同じような問いを返すと、ハクは答えを探しているのか少しのあいだ黙った。それから、真っ直ぐに鳥居の方向を見つめたままこう告げた。

「つまらないという感覚はよくわからない。だが、夜の私はおそらく、さみしい」

今度こそ、隠すこともできないほど驚き、いつかと同様に思わず派手に茶にむせた。さみしい。過去にそんな感情は知らないと言った大神様が、いまさみしいと口に出した。聞き間違いではありえないほどはっきりと、だ。

ハクは隣に視線は向けず、げほげほと咳《せ》き込んでいる春日の背を軽く叩きながら続けた。

「なぜ驚く？　さみしいとはどういうものなのか私に教えたのはおまえだろう。だからあの日から私なりに考えていた。考えておくと言ったではないか、忘れたか？」

「そりゃ、いや、忘れてない」

なんとか呼吸を落ち着けて答えはしたが、声はみっともなくひっくり返った。いっときの驚愕が去ると、次にじわりと湧きあがってきたのは、よろこびだった。

喜怒哀楽すらよくわからなくなってしまった、なんて切ないことを言っていたハクが、楽しい、と告げたのはいつだったか。そして今日はさみしいと声にした。

この男の心を豊かにしたい、鮮やかな感情を自覚してほしい、ずっとそう思っていた。ハクには、なにをも感じずに生きる哀しい存在であってほしくない。その願いはきちんと通じているのだ。

「対等に気持ちを通わせられるものがいないのは、さみしいのだとおまえは言っていた。その通り、私はずっとさみしかったのだろう。こうして誰かと毎日をすごし、親しく話をする機会も久しくなかった。おまえが来てから、それがさみしいことだったのだと気がついた」

うまく口を挟めない春日に構わず、前を向いたままハクは淡々と言葉を連ねた。冗談めかすでもごまかすでもない静かな声は、彼がいま本心を語っていることを春日に伝えた。

「それから、おまえが村に戻るときには少し胸が苦しくなる。もっとそばにいたいと感じる。これもさみしいというものなのだろう？　ならば夜の私はおまえがいなくて、さみしい。充たされない」

あまりにストレートなセリフにくらくらした。案外と素直な男であることは知っていたが、ハクは自分が思っているよりも、もっとずっと汚れのない、すれてもいない、純真な心を持っているのかもしれない。

もっとそばにいたい。おまえがいなくてさみしい。彼が口に出したセンテンスを頭の中でくり返しているうちに、感じたよろこびはより強くなった。さみしいという感情を彼が理解してくれたことが嬉しい。この思いは当然、それだけが理由で呼び起こされたものではないだろう。

この男は自分がそばにいなければさみしいのだ。さみしいの反対にあるのはしあわせだ、いつだったかそう考えた。

つまり彼は、自分がそばにいれば、そう、しあわせか。心が充ちるのか。自分はハクをしあわせにすることができるのか？

「同時に、村でおまえがしあわせにすごしているのかと考えると、心配になる」

ふっと浮かんできた単語をハクが、まるで春日の頭の中を読んだかのごとくそのまま使ったので、また驚いた。この男はさみしいのみならず、しあわせ、という感覚も彼なりに考え、声にするほどには理解したらしい。

「おまえが誰かに虐げられていないか、さみしい思いをしていないか、心配だ。おまえにはしあわせであってほしい、心充たされ笑っていてほしい、それが私にとってのしあわせなのだろう。春日、この感情がつまりは愛か？　私はおまえを愛しているのか？」

なにかを言わなければと開いた口からは、しかし結局声は出なかった。愛。ハクの声が頭の中に響いて、どうしようもなく胸が高鳴る。

誰かを愛するとは、そのもののしあわせを願うこと、それがかなえば自分もしあわせを感じること、確かにそんな説明をしたのは自分だ。ひとを愛おしむあたたかさを彼に知らしめたいと思ったのもまた自分だ。とはいえやはり、こんなにストレートに言葉にされると目が回る。

私はおまえを愛しているのか？　どう答えろというのだ？

「先日おまえがあちらの神社から消えてしまったことに気づいたときにはひどく不安になった。こちらに戻りおまえの悲鳴を聞いたときには、なにをしてでも助けなければならないと感じた。誰かのためになんでもしようという思いは、愛なのだろう？　おまえがそう言った」

「……そうだな。おれが言った」

「あの日おまえに触れられて、私は心地よさを覚えた。おまえの身体はあたたかくて気持ちがいいな。

また同時に、心のどこかに火がついたかのような熱さも感じた。正体は知れないが快い熱だった。だからもっと触れられたい、私もおまえに触れてみたい。そうした感覚もまた、愛なのだろう？」

今度は、そうだな、と答えることができなかった。ますます心臓は早鐘を打ち、胸が痛いくらいだった。

ハクに愛とはなんぞやなんて慣れない説明をしたときに、確かに、あたたかさを分かちあいたい、触れあいたいと感じるのも愛だと言った。言ってから、それは愛というよりむしろ恋愛に近いなと口には出さずに考えた。

彼を混乱させたくなかったし、恋愛とて愛のひとつであるには違いないからと撤回しなかったが、きちんと教えるべきだったのか？　この男がいま告げている思いはつまり、ただの友愛や親愛ではなく、恋愛だ。愛、と広く表現するより極めて限定的で情熱的な感情だ。

ならば自分はどうなのか。

この男に愛情を抱いているのだ、息苦しいくらいにハクが好きだ。烏の群から助けられ戻った拝殿で、彼にしがみつきながらそうはっきりと自覚したことを覚えている。

それから、勝手に火照る身体を持てあましつつこうも考えた。もっと触ってみたい。まるで恋に落ちてしまったみたいではないか。

まるで、ではないのだ。あのときにも思った通り、自分は彼に、いつのまにか恋をしていたのだ。

自分がハクに対して覚える愛おしさは、恋愛感情だ。触れれば熱が生まれる、頭の中まで痺《しび》れる。いまさら否定もできまい。

　こんなに正直で素直な男を前にして、違う、これは恋愛ではないのだなんて自分に見苦しい嘘をつくのはなんだかいやだった。そしてまた彼を適当にごまかすのも、いやだ。

　恋をしている。そしてまたハクも自分に恋をしているのか。いま、自分と彼はともに相手への恋情を抱いているのか？

「この感情がなんであるのかを確かめたい。過去に知らないものなのでよくわからない、わからないままでいるのは愉快ではないな。春日、私はどうすればいい？　教えてくれ」

　駆け引きではなく裏もなく本当に、わからない、といった調子で告げられて、必死に考えた。恋情を確かめる方法とはなんだ？　触れられたい、触れてみたいなんて平気で口に出す男に教えるべきはなんだ。そんなもの、では触れあいましょうと提案する以外の答えもないと思う。

　それでもしばらく躊躇《ちゅうちょ》してから、どうしても掠れてしまう声で問うた。

「……なあ。大神様は交尾するのか？」

「しない。神の眷属に生殖の必要はない」

　決死の覚悟で訊いたのに、あっさりとそう返されて、こんな曖昧な誘いではハクには通じないらしいと悟った。この男がそうして生きてきたのであれば察しろと焦《じ》れてもしかたがないか。ならば、はっきりと言葉にして明確な了承を得ない限り、下手に動けもしないだろう。いたいけな幼子を騙《だま》すような真似《まね》はよろしくない。

「あのな。生殖の必要があるとかないとか、そんなんじゃないんだよ。おまえが感じてる愛ってのは、恋愛感情ってやつだ。愛のひとつではあるが、もっと特別なもの。その特別なものがあれば、生殖がどうとか抜きにして、抱きあっていいんだよ」

こんなのは自分だけの偏った価値観でしかないかもしれないな、とは思いつつも、危なっかしい口調で説明した。ハクは無言で聞き、少しの間を置いたあとようやく春日に目を向けて、今度はこう問いかけた。

「抱きあう？　特別な愛である恋愛感情とやらを理由に身体を重ねるということか？」

「……理解が早いな。そうだよ。あんたは恋愛感情を確認したいんだろ。おれに触られたり触ったりしたいんだろ？　だったら、そうしてみるのが妥当だろうが。別にいけないことでも、ことさら崇高なものでもない。互いに恋愛をしてて、互いに触れあいたいと思ってるなら、するもんだ」

なんとか視線を返し、なんとか答えた。それをどう受け取ったのかハクはまたいくらか黙り、そののち実にあっさりと「互いにというのなら、おまえは私に恋愛感情を持っているのか？」と春日に訊ねた。

一瞬息を詰め、それからひとつ大きく深呼吸をして返事をした。

「そうだ。おれはあんたに恋をしている。あんたと抱きあいたい。たくさん触ったり、触られたりしたい。だからしようと言ってるんだよ」

「それはよかった。では教えろ、春日。私は過去誰とも抱きあったことがないのでね」

真っ直ぐに目を合わせたまま告げられた言葉に、鼓動が速まるどころか呼吸さえままならなくなった。この男はつまりセックスを知らないのだ、要するに自分がはじめてなのだ。そう思うと、抑えようもないくらいの嬉しさがこみあげてくる。

神の眷属だ、大神様だ、同じいきものではないんだ、そんなことはいつのまにか意識からほとんど消えていた。目の前の男と熱を交わしたい、快楽を教え味わい分かちあいたい、もうそれしか考えられない。

先に階段から立ちあがり、ならって腰を上げたハクの手首を摑み拝殿の中へと誘った。さすがにこんな場所でセックスをするのは不敬にすぎるかと気は引けたが、経験がないらしい男と青空の下で番《つが》うのもどうかと思う。

きっちりと扉を閉め、拝殿の中央に立っているハクと向かいあった。唇にキスをするのは少々生々しかろうと省いて、勝手に震えてしまう手を彼に伸ばす。

ハクの表情をそっとうかがい、そこに不快感がないことを改めて確認してから、真っ白な狩衣に触れた。現在はともかく、父親が宮司をしている神社では自分も毎日着ていたのだから引きはがすのなんて簡単だ、と思っていたのに指が強張りなかなかうまくいかない。

しばらく格闘したのちに諦めて、身動きひとつせず春日の様子を見ているハクに「脱げ」と告げた。ハクはまずじっと春日の目を見つめ、次にひとつ頷き自らの装束に両手をかけた。

「ならばおまえも脱げ。それとも、私だけが脱ぐことに意味があるのか？　あるなら説明してくれ」

特に躊躇も見せず狩衣を畳に放りながらハクが口に出した言葉に、ついうろたえた。それから、意味などはないと首を横に振って示し、ぎくしゃくと自分のシャツのボタンを外す。

経験豊富とまではいわなくとも、大学時代に女とも男とも寝たことはある。肌をさらす羞恥心なんて、あのころは大して感じていなかった。ちょっとした興味とうすっぺらい欲情と、あとは即物的な快感、あったのはそれだけで、所詮遊びだったからということだと思う。

しかしいまはどうだ。当時戯れた相手とは違い、自分はハクに対してもはや否定できない、無視もしえないくらいの恋愛感情を抱いている。こんなにも緊張するのは、だからこそだろう。どうでもいい気まぐれならばうろたえる必要も恥ずかしがる必要もないのだし、もっと簡単にぽいぽいと服を投げ捨てられるはずだ。

ああ、ハクに恋をしたのだ。この感情は嘘偽りのない本物だ。もつれる指先に、改めてそれを思い知らされるようだった。

言うことをきかない手でなんとかすべて服を脱ぎ、ふたり全裸で向かいあった。教えろ、という言葉通りハクから動く気配がないので、春日からおそるおそる彼の白い肌に触れる。

ハクの身体は美しかった。狩衣を着ているときの印象よりも逞《たくま》しい。ほどよい筋肉が作る陰影は、劣情を誘うというより単純に、芸術品のように綺麗で高貴なものに見えた。

この男は完璧か。こちらの作品にはお手を触れないでくださいと注意書きされていそうだ。とはいえ、いまから合意のうえでセックスをするのだから自分は特例だとおのれに言い聞かせ、怯みそうになる手で誰をも知らなかった肌を撫でる。

「……気持ち悪くないか。いやじゃないか？　舐《な》めたり、してもいいか」

このセックスを主導すべき自分がふわふわうわついていたら話にならなかろうと、努めて冷静に訊ねた。真っ白な髪を払い耳の裏をくすぐってやったら、それが気に入ったのかハクはどこか満足そうに目を細めて答えた。

「おまえに触れられると快い。おまえのよいようにしてくれ。それから、私にしてほしいことがあれば指示しろ。私もおまえに快くなってもらいたい」

掻き口説くでもあおるでもない、ただ思うがままを声にしただけといった口調と、その言葉にどくりと胸が鳴った。はじめて姿を目にしたときには尊大な態度を取る男だなと感じたはずだが、知ればハクは本当に、ときに子どもみたいに素直だ。ためらわず、ごまかしもせずに心の中を明かしてくれる。

セックスというのはもっと俗で秘めやかで、欲の色をした汚い湿り気を帯びたものだと思っていた。しかし経験も知識もないハクにとってはそうではない、おのが感情を確認するための純粋な行為だ。だから、おまえに触れられると快い、おまえに快くなってもらいたいなんてセリフを、少しの卑しさも汚らしさもなく口に出せるのだ。

ならば彼に相応しいセックスを教えてやりたい。後ろ暗さなんて覚えない純粋な快感と、素直な恋情で充たしたい、充たされたい。

しかし神の眷属なる存在は性的快楽なんてものを感じるのだろうか。ちゃんと興奮するのか？　若干の不安を覚えつつ、極めて優しく首や鎖骨に舌を這《は》わせた。彼がお気に召したらしい耳までは、身長差のせいでまともに唇が届かない。

ハクの肌は知っているようで知らない味と、香りがした。ひとと等しくいきものの感触ではあるのだが、なんだかもっと切実な、胸に迫るにおいがすると思う。彼が事実ただの人間ではないからなのか、単に、自分が彼に対して過去にないほどの恋情を抱いているからなのかはわからない。

ただ、いずれにせよ触れているだけの自分まで、まるで念入りに愛撫《あいぶ》されているかのような高揚を覚えていることはわかった。

「ハク。気持ちいいか？」

胸に軽くキスをしたらハクが、ふ、と小さな吐息を洩らしたので、いったん唇を離しその美貌を見あげて訊ねた。彼は真っ直ぐに春日を見つめ返し、恥ずかしがるでも照れるでもなく馬鹿正直に答えた。

「おまえが触れる場所が不必要なほどに過敏になっている。それから、説明しがたい熱のようなもので肌がざわめいている。私の知る気持ちがいいという感覚とは少し異なる。これはなんだ？」

「……ああ。そりゃ、そうだな、やっぱり気持ちいいんだろ。あんたはおれで感じてんの。つまり、いや、案外説明が難しいな……」

この男でも自覚できる程度には快感を得るのかと内心でほっとしながらも、返事に迷い眉をひそめて言葉を探す。ハクはその春日をいくらか待ってから、これもまたストレートに言った。

「そうか。この感覚は、私がおまえに恋愛感情とやらを抱いているからこそ生じるものか。この行為はそれを確認するためのものなのだろう、ならば認めた。あるいは他の意味があるのか？　春日、教えてくれ」

一瞬息をのんでから、大きく吐き出した。ハクが純真であればあるほど、誰も踏み入っていない真っ白な雪に足跡を残すような、抑えようもないよろこびがこみあげてきて表情に困る。

恋をしているから気持ちいい？　どうだろう。相手に恋をしていなくてもその気になればセックスは気持ちがいいものだとは思うが、恋をしていればこその快楽というものは確かにあるらしい。触れられてもいない自分がこんなふうによろこびを感じているのがその証拠だ。

「……合ってる。他に意味なんてないよ。じゃあ、もっとしよう。そうしたらあんたもおれも、もっと気持ちよくなれる、かもしれない」

片手で背や腰をやわらかく撫でてやり、ハクの顔に不快感が浮かばないことを確かめてから、もう片方の手でそっと性器に触れてみた。表情をうかがいながら丁寧に擦ったら、彼がすぐに反応を示したので、今度こそ、足もとからぞくぞくと確かな興奮がこみあげてくるのを感じた。

この男でもちゃんと勃《た》つのか。自分のてのひらでこんなふうになるのか。これで欲情するなというほうが無理な話だ。

「……ハク。気持ちいいか」

芸もなく先ほどと同じ問いをくり返すと、彼は眩しい光でも当てられているかのように目を細めて答えた。

「おそらくは。先にも伝えた通り知らない感覚なのでよくわからないが、おまえが言うのならやはり私は気持ちがいいのだろう。肌の内側でなにかが沸き立っているような気がする。熱いな。私の身体はどうなっているんだ？　なぜこうも熱くなる？」

彼はいままで勃起したこともなかったのか、おのが肉体の変化をまったく理解できていないのかとまず驚いた。

この男はいま、この手で、鳥肌が立つほどに、高ぶった。

「もっと熱くなれ、ハク」

徐々に硬さを増す性器をじっくりと扱《しご》きつつ、努めて優しく囁いた。それでも声に隠せない興奮が滲み出ていることは自分でもわかった。

「あんたはいま、おれと交尾するために熱くなってるんだ。おれと番いたいからこうなってるんだよ。ほら、もうこんなに硬い。これならおれの中に入れるぞ」

「交尾？　中に入る？　メスではないものとの行為でも番えるのか？」

「そうだ。別におれがメスじゃなくたって、つながれば気持ちがいいし、きっとあんたもおれも充たされる。おれたちは恋をしてるからな。単なる生殖行動じゃないんだ、あんたがこうやって勃たせてるならもう性別なんて関係ないだろ」

少しは理解しているのかまったくわかっていないのか、それこそわからないハクのセリフに、なんだかかえって劣情をくすぐられた。交尾だの番うだの、あえて使った直接的な言葉をくり返されて、片手で触れている彼の性器と同様に自分の身体まで熱くなってくる。

彼が完全に勃起するまでにはそれほど時間を要しなかった。慣れていないからこそこうした刺激に弱いのだろうか、あるいは、恋情を抱く相手に愛撫されているがゆえの素直な反応か。どうにせよ、この男がいま快感を得ており、さらに欲していることには違いない。

てのひらにある性器は過去に知らないくらい太く、そのうえ長くて、少々怯むのと同時に、ひどく身体が疼《うず》いた。

つながりたいと願いはしても、別に、どうしても自分が受け入れる立場になりたいというわけではなかった。はじめてセックスをする男に無駄な負担を強いるのも酷かと考えただけだ。経験があるとはいえすっかり慣れるほどに同性と寝たことがあるわけではないから、性器を見ただけで期待を覚えるような肉体はしていない。

なのに、これを腹の奥までのみ込んだらどんな感じなのだろうと想像しただけで、こんなふうに肌を熱くしている自分が少々怖い。こうも逸《はや》るのは相手がハクであるから、恋に落ちた男だからだと思う。

「うわ、おい……！」

そこで不意に、それまでいっさい動かなかったハクが性器に手を伸ばしてきたので、おかしな声を上げてしまった。物理的にどうこうしたわけでもないのに興奮していた身体が、ハクに触れられますますの熱を持つ。

「なるほど。おまえも私と同じようになっている。硬いな。気持ちがいいのか？」

いままで自分が口に出したものと同じような問いを、なんのいやらしさもなく投げかけられた。咄嗟の返事ができずにいると、今度は性器を擦る動きを忠実に真似される。この男はずいぶんと覚えがよいようだ。

「は、あ、気持ちいい、から、待て……っ」

「待つ？　待つとは？　気持ちがいいのなら構わないだろう？」

「そ、じゃない……、いいから、ちょっと、待て……。手、離せ……！」

遠慮もない手つきで扱かれて、あっというまに極めそうになるのをなんとかこらえた。想定していなかった刺激は、ハクのてのひらによるものであるからこそひどく鮮やかに感じられる。

春日に制され、ハクは素直に手を離した。美しい顔には、気持ちがいいことをしてなにがいけないのかわからない、といった表情が浮かんでいる。

「だから……。あんたの、おれに、入れるから……。先にいっちまったら、きついんだよ」

この男はなにも知らないのだからしかたがないと、僅かに息を乱しつつも説明をした。しかし意図は通じなかったらしく、ハクはさらに不思議そうな顔をした。

「いく？」

「ああ、もう、いい……。おれが悪かったよ……。あんたは、そこに座ってくれ。座ってるだけで、いいから」

まさか射精もしたことがないのかと一瞬びっくりし、それから、勃起した経験すらないようだから当たり前かと驚きは逃がし謝罪した。ハクは相変わらず春日の言い分を理解はしていない様子だったが、それ以上は問わず、指示に従い畳に腰を下ろした。

さてどうしたものか。少し悩んでから、そういえば、と放ってあったリュックサックを探り那須野の屋敷で渡された傷薬を取り出した。山で摘んだ薬草を使っているとかなんとか言っていたから、別に害もないだろう。

素っ裸で荷物を漁るみっともなさも、神主様を心配して持たせてくれたものを別の用途に使う申し訳なさもあえて無視した。いまさら意識したところでセックスを中断できる状態にはないのだから意味はない。

なにを言うでもなく座ったまま待っているハクに改めて歩み寄り、手で姿勢を直させてからその上にまたがった。やはり状況が把握できないらしく「春日」と呼びかけられ、傷薬の容器を雑に開けながら声を返す。

「悪いが、少し待ってくれ……。すぐ、準備するから、萎えるなよ」

「萎える？」

「そのまま硬く勃たせとけって言ってんの」

蓋を取った容器の中にはほぼ透明なペーストがたっぷりと入っていた。よく見れば僅かに緑がかっているだけで、想像していたより毒々しくはない。指で掬《すく》った感触はとろりとやわらかく、これならばなんとかなるかとその手を自らの尻に伸ばした。

さてこんな場所をセックスに使うのはもう何年ぶりになるのだろう。当時も拒まなかったのだから嫌いだという意識はないが、ことさら好きだったわけでもない。乞われれば頷く程度のものだ。なので記憶にある限り、自ら男の上に乗って自分で開いたことなんてない。

「う……。楽、でも、ないな。ハク、ちょっとこれ、持ってろ」

塗りつけて、指を入れて、手順はわかっていても、つい零した通り簡単な作業とはいえなかった。ハクの手に傷薬の容器を渡し、片手で彼の肩に摑まって、もう片方の手でなんとか自らの身体を広げていく。

ハクは大人しく容器を受け取りしばらく黙っていたが、眉をひそめる春日の姿になにを感じたのか、どこか困っているような声で問うた。

「春日。なにをしている？　準備というのは、なんだ」

「おれは、メスじゃ、ないからな……。いくら興奮したって、濡れないんだよ」

どうやら全部説明してやらないとこの男は納得しないらしいと、自分の指をのみ込む異物感に時々息を詰まらせつつ答えた。

「でも、あんたと、つながりたいから……。ここに、これを、入れたいから、濡らして、指で広げてるんだよ。そうしないと、入らん」

傷薬だというペーストでべたべたになった手で、これを、とハクの性器を軽く摑んで示した。急に握られて驚いたのか気持ちがよかったのか彼はまず何度か目を瞬かせ、それから「なるほど」と呟いた。とりあえず理解はしたようだとほっとする。

しかし、自分に戻そうとした手を軽く払われ、さらには開きかけたその場所にいきなり彼が触れてきたときにはびっくりした。なにをしているのか教えはしても、あんたがやってくれと頼んではいない。

「あ、あ！」

やめろ、と言う間もなく、なかなかの大胆さで長い指を挿し込まれて声を上げた。ハクは特に気にしていないのか冷静な指先で内側を探り、いったん手を引いて傷薬の容器からたっぷりとペーストを掬った。

「確かに入れるには少々狭いのか。では、私が濡らして、広げてやろう。おまえのここは広げれば広がるのだろう？」

「広がる、けど……っ、いい、自分で、やるから……！」

「私と交尾するためにおまえが努力をしているのに、ひとりなにもせず待っているのも間が抜けている」

「は……っ、あぁ、そ、んなに……っ、急に、は」

べったりとペーストを塗り足したあと再度ぬるりと入ってきた指に、びくっと身体が揺れた。入り口の強張りを解かすように遠慮なく指先を使われて、思わず両手でハクの肩に縋る。

なにも知らないのに、知らないからこそなのか、ハクは無駄のない動きで中をまさぐった。どこをどうすれば性器が入るのか、それだけしか考えていないような強引さで開かれ目が回る。

内側までペーストを塗り込まれているうちに、自分の指ではまったく感じなかった快楽がじわりと湧きあがってくるのがわかった。彼にとっては愛撫の意図はない手で乱れるのもみっともない、とは思っても、抑えきれない声が唇から洩れてしまう。

「ふぅ、あ、も……っ、少し、加減、しろ……。はぁ……っ」

がくがくと震えながらハクにしがみついて、喘ぎの合間になんとかそれだけは言った。春日の言葉をどう受け取ったのかハクはそこで一度指を抜き、感触を確かめるように春日の性器をするりと撫でた。

「あ、はっ、おい……っ、なに、を」

「先ほどよりも硬くなっているな。そうか、おまえはこれが気持ちいいのか？　私の指でここを広げられるのは快いか？」

ハクの言葉にかっと頬が熱くなった。そんなふうにあっさりした口調で問われると、勝手に欲を覚える自分のいやらしさやあさましさがかえって強調される感じがして、咄嗟に肯定できなくなる。

しかし、なにを言わずともハクには春日の状況は伝わったらしい。本数を増やした指をためらいも見せずぐっと突き立てられ、いきなりの強い刺激に高い声が散る。

「うぁ、あ、あ、や……っ。ああ、動か、す、な！」

「もうだいぶ開いた。気持ちがいいのならもっと味わえ。無理をさせているつもりはないが、つらいならそう言えばいい。つらいか？」

雑でもないが甘くもない動きで指を出し入れされ、まともに返事もできなくなった。はあはあと息を跳ねさせながら何度も首を横に振り、つらいわけではないと示すので精一杯だ。

ハクの指がペーストを搔き回すぐちゅぐちゅという淫らな音に、頭の中まで犯されているような感じがした。絹った白い肩に爪を立て、沸き立つ快感に必死に耐える。

とはいえ、ハクの気がすむまでは我慢していることができなかった。このまま続けられたら指だけで達してしまう。つながるために開いているはずなのに、相手の快楽は置き去りにして、ひとり勝手に極めるのはあまりに情けないだろう。

「ハク……。も、入る、から、やめ、ろ……。あんまり、それ、されると、気持ちよ、くて、いっちまうんだよ……っ」

切れ切れに言葉にしたら、ハクは出し入れしていた手の動きを止め、今度は広さを確かめるように指先で中をまさぐった。いままでとは異なる快感にびくびくと身体が震える。主張が伝わっているのかまったく伝わっていないのかわからない。

「これで入るのか？　もう少し開いたほうがいいのではないか？　番うにはまだ狭いような気がする

が」

「はぁ、だ、から……！　や、めろ、入る……、入れ、る。あんた、の、もう、欲しいから、早く、指、抜け……っ」

「おまえがそう言うのならば」

もはや遠慮もできず白い肌を引っ掻いて訴えると、ハクはようやく指を抜いた。ずるりと内側を擦られる感覚に息を詰め、それから何回か大きく吸って、吐いて、なんとか呼吸を落ち着かせる。

長い指で広げられた場所が刺激を失い、ずきずきと痛いくらいに疼いていた。もう欲しいと言ったのは本心だ。いまにも弾けてしまいそうな身体を、他の誰でもないハクとつなげたい。彼の欲望で、指だけでは届かないところまで貫かれたい。過去にここまで切羽詰まった劣情を覚えたことなんて一度もなかった。

身体の中でぐつぐつと沸いている快楽がいくらかは収まってから、じっと春日を見つめて待っているハクの性器を片手で摑んだ。もう片方の手を彼の肩につき、またがったまま体勢を整える。

しばらく放っておいたので少しは萎えたかと思っていたのに、彼がむしろより硬さを増していたことに安堵した。この男は自分の尻に指を突っ込みながら興奮していたのだろうか、そう考えると余計に欲情する。

「……ハク。少し、大人しくしててくれ。痛かったら、言え」

握った性器の先端を、すっかり開いている場所へ押し当てて声をかけると、ハクは素直に「わかった」と答えた。それを確認してからひとつ深呼吸をして、身体から無駄な力を抜く。

相手に任せて貫かれるのと自らのみ込むのではこんなに違うのかと単純に驚いた。これは相当に覚悟がいる。どうしても怯む自分に、ここまでしておいて躊躇するな、みっともない、と言い聞かせてじりじりと腰を落とした。

「は……ッ、あ、あッ、も……、太すぎ、る、だろ……！」

張り出した先端をなんとか受け入れたときには、あまりの異物感に鳥肌が立った。想像していたとはいえ、こんなに、ほとんど限界まで広げられるなんて思っていなかった。もう少し開いたほうがいいのではというハクの見解は正解だったかもしれないと、いまさら頭の隅で考えてももう遅い。

ひときわ太い部分を咥《くわ》え込んだところでいったん動きを止め、もう一度大きく呼吸してから、ゆっくりと結合を深めた。自分のペースで動けるなら、先端さえ入ってしまえばあとはそれほど苦労しない。

硬い性器にじわじわと身体の中を押し広げられていく感覚は、怖い、という幾ばくかの怯みが去れば、あとはもうただ快楽でしかなかった。かつて経験したことがないほどの、圧倒的な、快楽だ。

気持ちがいい。たまらない。とうに目覚めていた内側をぎちぎちに開かれて、頭がくらくらしてくる。たとえばこれを本物のセックスとするならば、自分はいままでセックスなんて知らなかったのだとまで思った。

「あ……、はぁ……っ、あ、ハク……っ、痛く、ないか。気持ち、いいか……？」

半ばまでのみ込んだところで、相変わらず真っ直ぐにこちらを見つめているハクに声をかけた。気づけばいつのまにか全身に汗が滲んでいて、途中からは両方彼の肩に置いていたてのひらまでぬるりと滑る。

「私は気持ちがいい。誰かと抱きあうとはこうも快いものか、知らなかった」

ハクはうっとりしたように目を細めて答えた。美しい顔に浮かぶ表情が確かに性的快感を得ているものだったので、彼はいま本当に気持ちがいいのだなと考え少しほっとする。

「おまえの中はあたたかい。それから、狭くて擦られる。気持ちがいいな。春日、おまえはどうだ。この行為は気持ちがいいのか？」

「いい。あぁ、すごく、いい。あんた、に、おれがいま、どれだけ気持ち、いいか、教えてやりたいよ……」

はあはあ息を乱したまま言葉を返すと、ハクはそこで仄かに笑った。快楽に、また、互いにそれを感じられることに満足しているのだろう素晴らしい微笑みだと思う。

「気持ちがいい。だから、全部おまえに入れてみたい」

つい見蕩れていると、そこで低くそう告げたハクに、不意にがっしりと両手で腰を摑まれた。驚いて身体を逃がしかけても、彼の両手の力は緩まない。

「うぁ、あッ、あ！　あ……ッ！」

それまで春日に身を委ねていた彼が、いきなり下から強く突きあげてきたので、思わず甲高《かんだか》い声を上げた。ほとんど悲鳴だった。衝撃のあまり抑えられない、というより抑えようと思う余裕もなかった。

ずっぷりと根元まで沈められた性器の質量に、見開いた目の前が真っ白になる。ゆっくり、じっくりと味わっていた快感を、突然一気に叩き込まれたようで、一瞬思考さえ飛んだ。

気持ちがいい、なんて表現ではぬるい。埋め込まれた性器に与えられる鋭い快楽に、全身の肌が粟《あわ》立《だ》った。徐々に大きくなっていた火が瞬時に燃えあがり、身体中を焼いていく。

誰と交わっても、かつてこんなふうになったことはない。自分の肉体はセックスという行為で、こうも強いよろこびを得られるものだったのか。相手がハクであるからか？

そうだ、もちろんその通りだ。このよろこびは、恋に落ちた男とつながっているからこそ生まれるものだ。

「ふ……っ、う、あ、はぁっ、あんた、急にそん、な、深く、入るな……っ。少し、大人しく、してろ、と、言った……！」

悲鳴を上げたせいで掠れる声で、なんとか言葉にした。ハクの上からいったん逃げようとしても、腰を摑まれていてはかなわない。

太い先端がいま自分のどこまでを犯しているのか、よくわからなかった。それでも、経験のない、許してはならない場所までこじ開けられていることはわかる。その感覚が恐怖にも近い、鮮やかな悦楽を春日にもたらした。

「少し大人しくしていた」

それ以上は動かず、しかし手も離さずにハクが言った。彼にしてみれば春日をわめかせるためにわざとらしく腰を使ったつもりも、ましてや意地悪をしたわけでもないのだろう。先に告げた通り単純に、全部おまえに入れてみたい、という欲のままに動いただけなのだと思う。

なにをも知らなかった彼がそうした欲を抱いてくれたのであれば、ここで叱りつけるのもおかしいか。口に出したい文句をのみ込みはあはあ息を乱していると、どこか心配そうな口調で問いかけられた。

「春日。痛かったのか。痛かったのなら申し訳ない。私はいま非常に快いのだが、おまえは気持ちよくはないのか？」

「……痛い、わけ、じゃない。びっくりし、ただけ……、気持、ち、いい……っ。でも、もう少し、待て……。もっと気持ち、よく、させてやる、から……っ、待て。手を、離せ……」

そうも素直に詫びられると、ますますふざけるなとも言えなくなる。震える声でこちらも正直に答え、ついでに指示をすると、ハクは渋りもせず春日に従った。

太い性器を深くまで咥え込んだまま、その感覚に慣れるまで時間を置いた。とはいえすっかりなじむほどにハクは簡単なサイズでもない。何度も深呼吸をくり返して身体の強張りを解こうとし、これは無理だなと途中で諦め、いくらかは落ち着いた時点で告げた。

「動く、から……。おれ、が、動くから、あんたは、動くな」

意味を理解しているのかいないのか、ハクはじっと春日を見つめて「わかった」と答えた。無理やり突いてくることだってできるのに彼がそうしないのは、それで快感を得られると知らないからというよりも、びっくりしたと言った春日を思いやったからだと思う。

ハクの肩についた両手に力を込め、ゆっくりと腰を上下に動かした。それだけでも、熟れていた内側が硬い性器に擦られる快感で目が眩《くら》んだ。髪の先や顎から汗が滴りハクの肌を濡らしていることはわかっても、拭う余裕などはない。

春日同様にハクも快楽を覚えているのだろう。小さく、は、と吐息を洩らしてから、真っ直ぐな視線を春日に向けたまま問うた。

「この快さはなんだ。まるで血が沸き立つようだ、味わったことのない感覚だ。春日、私と番っておまえも気持ちよくなっているのか？」

「は……っ、あ、おれだって、気持ち、いい。あんた、は、すごくいい……っ。あんたも、ちゃんと、気持ちいい、なら、それが、セックスの、快楽って、やつだろ……。味わえ、よ」

「セックス？」

「番う、こと……っ」

じわじわと腰を動かしながら途切れ途切れに答えると、ハクは少し考えるような顔をしてから「セックスの快楽か」とくり返した。別にそんな単語を知る必要もないが、覚えなくていいとつけ足すのも妙なので捨て置く。

しばらくは春日に行為を任せていたハクがこう乞うたことは、特に意外でもなかった。

「もっと強く擦られたい。おまえはこれが精一杯のようだから、私が動いてもいいか」

ゆるゆるとした刺激では物足りなくなったらしい。先ほどはいきなり突きあげてきた男がきちんと許可を取ったのだから進歩ではある。

こんなに物騒な性器で雑に抉《えぐ》られたら泡をふいて死にそうだな、とは思った。しかし、もっと強く擦られたいという彼の欲望は理解できたし、自分はこれ以上は動けそうにもないのだから他にしようもないかと頷いて返した。

「いい……。あとは、あんた、が、動け。でも、無理するな……。おれが、おかしく、なる」

「おかしくなる？　ならばおかしくなる前に言え。やめる」

すぐにハクの両手が伸びてきて、先刻と同様に腰を摑まれた。特に遠慮もしていないのだろうその力強さに、恐怖のような期待のような、複雑な感覚が背を這いあがりぞくりと汗が冷える。

反射的に身体を浮かせようとするもハクの両手に阻まれ、下から強く穿《うが》たれた。制する前にそのまま荒っぽく腰を使われて、唇から勝手に嬌声《きょうせい》があふれ出る。

「ひ、あぁ！　あッ、ハク……ッ！　駄目だ、もっと、ゆっく、り、だ！　あ、あ、や……っ」

「わかってきた。おまえは気持ちがいいときにそういう声を出す。それとも痛いのか？」

「ああ……っ、はぁっ、いい、気持ちいい、けど……っ」

「気持ちがいいならば構わないだろう。セックスの快楽を、味わえ」

自分が使った言葉をほぼその通り囁かれて、目が回った。冷えた肌は一瞬で火がついたように熱くなり、下から突かれるたびに掠れた喘ぎが零れる。

いままでの緩やかな行為で得ていたものとは較べものにならないほどの、鮮烈な悦楽に全身を支配された。自分ではあえて避けていた奥まで容赦なく貫かれて、目を開けていることさえできなくなる。身体が痺れる。燃えあがる。思考が蕩《とろ》けてしまう。

「ハク……ッ。ああ、駄目……っ。おれ、これ、すぐいく……。いくから……！」

肩に手をつく体勢を維持できず、彼の首に腕を回して縋りつき、震える声で言いつのった。真っ白な長髪を力なく引っぱり、やめろ、と示したつもりだが、ハクには通じなかったらしい。

「いく？　よくわからない。しかしおまえがいま気持ちがいいことはわかる」

「あっ、あっ、無理……ッ！　いく、もう……っ」

まったく躊躇のない動きで中を掻き回されて、こらえようにもこらえられなかった。湧きあがってくる愉悦の波から逃げられず、まともな声にもならない声を上げて絶頂にのみ込まれる。

「は……ッ！　あ……！」

射精の瞬間に感じた衝撃は、これもまた過去に知らないものだった。ぎゅっと閉じた瞼の裏が虹色に彩られて、ろくに呼吸もできない。

春日の反応に驚いたのか、ハクは深くまで押し入った位置で動きを止めた。なにを言うこともできずしばらく恍惚《こうこつ》に溺れてから、ようやく少しは落ち着きを取り戻しのろのろと腕を解くと、ハクは視線を下ろし春日が放った精液をまじまじと見つめた。

そんなものをそうじろじろと観察しないでほしい。とはいえ、射精したことすらないこの男にとってははじめて目にするものなのだろうから、やめろと文句も言えない。

「春日。おまえは、おかしくなってしまったのか」

極めて真剣な口調で問いかけられ、笑うかわりに小さな吐息を洩らした。さてどう説明したものかと少し悩んでから、「あんまり気持ちいいと出ちまうんだよ」とだけ言っておいた。

ハクはいくらか黙っていたが、なにを思ったのかおのが肌に散った春日の精液を指先で掬った。その指をためらいなく舐める彼の姿を見て、くらりと目眩《めまい》を覚える。この男はなにも知らないのだ、だから味を確かめたかっただけだ、とわかっていてもさすがに目の毒だ。扇情的にすぎる。

「……ハク。そりゃ、舐めるものじゃ、ないんだ……。まずいだろ」

埋め込まれたままの性器のせいですっきりとは去らない欲情を持てあましつつ、なんとか言った。ハクは声をかけられて目を上げ、一度は離した手をまた春日の腰に戻して問うた。

「まずくはない。いきものの味がする。春日、これは気持ちがいいと出るものなのだろう？　おまえはそれほど気持ちがいいのだな？」

「……ああ、そうだな。気持ちいいよ」

言い訳は諦めて単純に答えると、珍しく熱っぽい目をしたハクにじっと見つめられた。

「これを出したとき、おまえはひどく私を締めつけた。気持ちがよかった。身体の奥のほうから、なにか知らないものが襲い来るような気がした。私も出してみたい。おまえが気持ちいいのならこのまま続けても構わないか。私にも出せるのか？」

一瞬息を詰め、それからゆっくり吐き出した。彼の言葉に感じたのは間違いようもないほどの強い興奮だった。

この男は達する瞬間に、どんな顔をするのだろう。

いかせてみたい、いかせてやりたい。この男がはじめての絶頂を味わう相手は、自分であれ。

「……構わない。このまま、もっと、動け……。あんた、が、出せる、まで……っ」

ハクを見つめ返し、緩く腰を動かして促した。極めたばかりの身体はいやに過敏になっていて、それだけの動きでもさらなる熱がこみあげてくるのを感じる。正直きつい。だからといって、もうやめろと指示したくはなかった。

春日の返答にハクはそこで、はじめて眼差しに強い光を宿した。ぎらりとした赤い瞳につい喉を鳴らした次の瞬間に、思いきり突きあげられて派手な嬌声を上げる。

「あッ！　あ……ッ、ハク……ッ、はぁ、うぁ……っ、あん、た、奥、入りすぎ、て、るから……！」

「深く入れると気持ちがいいんだ。それから、出したり入れたりすると擦られて快い。おまえが教えたのだろう」

「ふ……っ、う、もう……っ、好き、に、しろ……っ！」

少しは手加減しろ、と言うかわりに、うわずった口調で告げた。手加減を求めたところでこの男にはわからなかろうし、思う存分貪られてみたいという欲も確かにあった。

再開されたハクの律動はシンプルで、焦らすだの角度を計るだのといった技巧なんてものはなかった。出したり入れたりすると快いと言った通り、ぎりぎりまで腰を引いてはまた根元まで貫く、ただそれをくり返すだけだ。彼にとってははじめてのセックスなのだから当然なのかもしれない。

しかしその単純な動きは、下手に計算されるよりもむしろ春日の肉体と意識をあおり立てた。不意を突かれることもない規則的な刺激は、次はここに来る、これくらいの強さで抉られるという期待を裏切らず、まるでこの行為のために作られたものであるみたいに身体がなじんでいく。

そしてまた、ハクのひたむきさに心を握りしめられるかのような嬉しさを覚えた。この男はいまなんの嘘も打算もなくなにを企《たくら》むでもなく、純粋に自分とのセックスに浸っている。この身体で、快楽を追っている。

「なにかが来る。いままで味わったことのない、熱いよろこびが肌の内側で渦巻いている」

どれくらいのあいだそうしていたのか、揺さぶられ続けて春日の喘ぎも途切れ途切れになったころに、いったん動きを止めてハクが言った。彼の首にしがみついていた腕を解き、なんとか僅かばかりの距離を取って顔を覗き込む。

「は、あ……っ、いきそう、なんだろ……。いけ、ば、いい。出せ」

努めて優しく告げると、ハクは快感にか微かに眉を寄せて春日に訊ねた。

「先ほどのおまえと同じように？　私はどうすればいい。教えてくれ」

「その、まま……。なにか、が、来るなら、抗《あらが》わないで、身を任せろ、よ」

震える指先で可能な限り丁寧に、彼の長い髪を撫でて答えた。汗で少し湿っている感触にたまらない愛おしさを覚えて胸のあたりが痛くなる。汗も掻かない涼やかな男だと思っていたのに、この男だってセックスに夢中になれば熱くなるのだ。

ハクは一度大きく息を吸い、吐いてから、今度は幾ばくか低く問うた。

「本当にこのままでいいのか？」

中で射精しても問題ないのか、という意味だろう。過去誰かにそんな行為を許したことはないが、ここで、いやだ、外に出せと言いたくはない。

「あんた、おれの、こと、好きか？」

息も整わぬまま問い返すと、ハクは強い眼差しを春日に向けて迷わずこう返した。

「私が抱いている恋愛感情とやらが、どういうものなのかは確認した。おまえが好きだ、春日」

真っ直ぐな彼のセリフに、いままでより色濃いよろこびがじわりと背筋を這いあがってくるのがわかった。ぞくぞくする。

おまえが好きだ、そんな簡単な言葉でひとはこうも甘く心を射られもするのだ。それは当然、自分が相手に対して等しい感情を抱いているからだと思う。

「……なら、いい。そのままで、いい。おれの中、に、出せ」

ハクと同様にひとつ深呼吸をしてから告げ、促すようにぎゅっと中を締めてやる。気持ちがよかったのだろう、彼は僅かに目を細めて再び腰を使いはじめた。

「あぁ……っ、は、あ……！　そう、そ、の、まま……っ」

先ほどよりもさらに荒っぽい動きに必死で耐え、彼の肩についた両手で身体を支えて美しい顔を見つめた。この男が達する瞬間の顔を知りたい、はじめての愉悦に溺れる相手は自分であれ、改めてそう強く願う。

汗を滲ませて無言で春日を揺さぶっていたハクが、しばらくのあと小さく呻《うめ》いたのは聞き取れた。ああ、この男は出そうなんだな、と思った次の瞬間に、根元までずっぷりと突き立てられた太い性器が脈打つのを感じた。

どくどくと奥深くへ注ぎ込まれる感覚と、瞼を伏せて絶頂を味わっているハクの表情を見て、ほとんど引きずられるように春日も再度射精していた。その衝撃にぎゅっと目を瞑ってしまったので、ハクの顔をうっとりと眺めている余裕はなかった。

頭の中に極彩色の光が充ちる。あまりの悦楽にがくがくと身体が戦慄《わなな》き、抑えようにも抑えられない。極めるときの快感なんてとうに知ったつもりになっていたが、いままでの自分は実はなにも知らなかったのだ。

これがセックスの快楽だ。

はあはあと息を乱したままハクを抱きしめ、長いあいだ恍惚に浸っていた。不意に湧きあがってき

たあたたかな思いは幸福感というものだろう。自分を不幸だなんて思ったことは過去に一度もない、と同時に、こんなふうにしあわせを噛みしめたこともまたかつてなかった。

ようやく呼吸も落ち着いてきたころに、このままではハクも重かろうと、ゆっくり腰を上げてまだ硬い性器を抜いた。途端にどろりと腿《もも》へ精液が伝い落ち、この男はちゃんと射精できたのだなといまさらながらに実感して今度は妙に感動する。

彼の上からどこうとしたら、伸びてきた長い両腕にぎゅっと抱き寄せられた。

「好きだ、春日。もっとしたいと言ったら駄目なのか」

思わず身を固くした春日の耳もとで、ハクがいやに切実な声でそう告げた。はじめて知った快楽はそんなによかったのかと、安堵と嬉しさを感じてつい少し笑ってしまう。

この男は素直で可愛らしい。ハクが、愛おしい。

「……駄目じゃ、ない。おれもハクが好きだ。もっと、したい」

まだ汗ばんでいる彼の背に腕を回し、抱き返しながら答えると、微かな吐息が聞こえてきた。ハクもまた笑ったらしい。

ときに浮かべる揶揄や呆れの笑みではなくて、きっとその美貌は満足感とよろこびに充ちているのだろう。ぴったりと肌を密着させ抱きあっているせいで見えなくても、漂う甘やかな気配でわかった。

互いの気がすむまで悦楽に溺れてから、最低限は後始末をして服を着た。さすがに中も外も精液まみれのまま村に帰るわけにもいかなかろう。

「まだ身体が熱い」

狩衣を身につけたハクは拝殿の階段に腰かけ、隣に座る春日ではなく鳥居の向こうを眺めながら言った。

「それから、心が充ちている。私はいま、おまえが教えてくれたしあわせというものを味わっているのだな。この感覚はおまえと番ったからこそ生まれるのか。人間はこんな思いを抱き生きているのか、セックスという行為が好きなのか？」

「……セックスが好きなんじゃなくて、好きなやつとするんだよ」

少し悩んでから、至極簡単に言葉を返した。好きな相手と身体を重ねるばかりがセックスではない、打算だったり手段だったりただ快感が欲しいだけだったり、性行為とはそんな程度のものだと思う。とはいえここでハクにそう説明すれば、なんだか彼を汚してしまうような気がした。

この男にとってのセックスとは、恋愛感情を確認するためのものだ。触れたい、触れられたいものと触れあい身体をつなげる。そしてそれにしあわせを感じる。少なくともこの場所、この時間に、その他の意味なんて必要ないだろう。

「恋愛感情……いや、好きとか、恋とか、愛とか、どうとでも言うが、そういうのがあれば気持ちよくなる。別にセックスしなくたってしあわせはしあわせだ。でも、セックスすればわかるものってきっとあるんだよ」

迷いつつも不器用に続けると、ハクは前を向いたままひとつ頷いた。

「そうか。ならば私は、セックスという行為でおまえに恋をしていることがはっきりとわかった。愛している。ひどく気持ちがよかったのでね。そしておまえも気持ちがよさそうだったから、私がおまえを愛するのと同じほどに私を愛しているのだろう？」

「……あんたは時々、びっくりするほどストレートだよな。ああ、そうだよ。気持ちよかったし、おれもあんたに恋してるよ。愛してるよ」

もっと気のきいたセリフで恋情を語ってみたくもあったが、早々に諦めて彼と等しく率直に告げた。全身が汗でべたべたになるくらい抱きあった直後なのに、恋だの愛だの告げあって、いまさらのように胸がどきどきと高鳴る。

「では、私とおまえは愛しあっているわけだ。この関係をなんと呼ぶ？」

さらりとそう問いかけられ、今度こそ返事に困った。この関係をなんと呼ぶ？　咄嗟によい答えを考えつかない。

普通であれば、恋人、といったところだろう。しかしこの場合は少し違うと思う。ハクにとってははじめて知る愛という感情や、それがもたらす快楽を分かちあったのだから、もっと強い結びつきでありたい。その意思を示したい。

しかも、行為の最中にはすっかり意識の外にあったにせよ、ただのひとではない大神様が相手なのだ。ならば、なんだ？　しばらく頭の中で相応しい単語を探し、見つけ出したのはこんな言葉だった。

「……伴侶だろ」

口に出した途端にますます鼓動がうるさくなった。これはさすがに重いか、やっぱりここは軽やかに恋人と言っておいたほうがよかったかと若干気まずくなる。

ハクはそこでようやく春日に視線を向けた。驚いたのか二、三度目を瞬かせ、それから実に嬉しそうな笑みを見せる。もとより感情がわかりづらいタイプではない、とはいえ彼がここまでよろこびをあらわにしたことはかつてなかった。

「それはいい。私はおまえの伴侶となろう」

その表情のままあっさりと告げられたので、この男でも伴侶という言葉の意味は知っているのだな、知っていてなおそうも嬉しげに笑って同意してくれるのだなと思い、頬が熱くなった。

強い結びつきでありたいと願っているのは、自分だけではないのだ。

少しのあいだそんな甘ったるい会話を交わしたあと、春日は腕時計に目をやり、もうこんな時間かと慌ててリュックサックを背負った。そろそろ山を下りないと暗くなる。いくら慣れたとはいえ視界のない山道を歩くのは遠慮したい。

「おまえが帰るとさみしいな。ここで眠っていけばいい。朝まで抱きしめていてやる」

本当に、さみしいな、と感じているのだろう口調で誘いかけられ心が揺らいだ。しかし、村に戻らなければ那須野たちが心配して探しに来るに違いない、夜の山を彼らにうろつかせるのは危険だと考えれば簡単には頷けない。

理由を説明して神社を去り村へと向かった。陽の落ちかけた山の中を早足で歩きながらも、勝手に頬が緩んでくるのを自覚し、何度か自分を叱った。いくら、恋に落ちた、すなわち惚《ほ》れた男と思いを交わしたからといって、ひとりにやにやしているのも不気味にすぎる。

伴侶か。伴侶。自分にも伴侶ができたのか。

春日は以降も、それまでと同様に毎日神社へ通った。だが、それまでよりもはるかに気持ちが充たされていた。異世界の『あるべき神社』で祝詞を唱え、現実の『あるがままの神社』ではハクと愛しあう。自分は大神様である彼を強く、深く愛しているのだと実感した。

だからこそなのか、心境は少しばかり変化した。山神の眷属であるハクのためにも、ひとと動物が共存することはできないのか。神社へ向かう山道で、境内にいるあいだにも、そんなことを自らの願いとしていよいよ真剣に考えるようになった。

ハクに人間を受け入れてもらいたい。獣が村を荒らす現状をそれが自然だと突き放すのではなく、ひとにも目を向けてほしい。山と村が仲よくなれれば、彼だってさみしくはなくなるのではないか。たとえば折にふれて神社に村人が訪れ柏手を打ったりすれば、大神様ももっとあたたかなしあわせを感じられないか？

自分は神職とはいえ人間だ。ハクはその自分とこうして愛しあえる。ならば、自分以外の人間とも心を通わせ、ともにあれるかもしれない。山がひとを許しひとは山を敬う、そんな世界はきっと豊かであり、美しくもあるだろう。

はじめてハクと抱きあってから一週間ほどたったころか。現実の古びた神社でいつものようにふたりで階段に腰かけ語りあう合間、「おれも動物と話ができればいいのになあ」と呟いた春日に、ハクが微かに笑って言った。

「おまえならそろそろ話もできるのではないか？　ほら」

ハクが指さした先には可愛らしい野ウサギがいた。おそらくは彼がいつも遊んでいるウサギだろう。例のごとく逃げ出してしまうかと思ったのに、ハクが手招いたらウサギがひょこひょこと近寄ってきたので驚いた。

「……なんだ？　逃げないぞ。おれが怖くないのか」

うろたえてひそひそと訊ねたら、ウサギを指先で軽く撫でたハクが優しげに答えた。

「彼にも、神の眷属である私がおまえを愛していることが伝わったのではないか？　敬虔なのだか不敬なのだかわからない生真面目な神職を認めもしたらしい。だから彼はもうおまえを怖がってはいないし、敵視もしていないよ」

「……そうなのか？　じゃあ、おれが触っても逃げないか？　いやな思いをさせないか」

「触ってみればいい。心配せずとも彼はいやならばすぐに逃げる」

あっさりとしたハクの言葉に頷いて、おそるおそる片手を差し出した。そっと撫でたウサギの被毛は、いつか触れた狼姿のハクと同じくらいにやわらかかった。

ウサギは逃げようとはしなかった。それどころか春日のてのひらへじゃれつくように身を寄せてくる。それに馬鹿みたいに感激した。

「……あたたかい。一生懸命、生きてるんだな」

思ったままを口に出すと、ハクは「当然彼もおまえと等しく一生懸命生きているよ」と言い、いったんは引いていた手を伸ばした。おっかなびっくりの春日とは違い、特に遠慮もないようにウサギをくすぐる。

それからしばらくふたりでウサギと戯れた。ウサギを眺めるハクの眼差しは優しくて、ああ、この男は本当に動物たちを大事にしているんだなと改めて思い知らされた。

さすがに遊び疲れたのかウサギが去っていくと、その姿を見送っていたハクにこう問いかけられた。

「春日。いつか私と村人たちのあいだで板挟みになり苦しんでいた神主はいま、人間の側にいるのか。それとも神たる山と眷属である私、そして彼のように一生懸命生きている動物たちか？」

「……どっちでもないぞ。百パーセントこっちの味方とかあっちの仲間とか、そんなの変だろ。おれはただ、両方をつなぐものになりたいよ。喧嘩もしないでともにあれたら、あんただってみんなだってしあわせじゃないか？」

いくらか黙ったまま悩んだのちに、努めて簡単な言葉で答えた。両方をつなぐものになりたい、そう口に出してから、なるほどつまり自分はいつのまにかそんなふうに考えるようになっていたのかと、はっきり自覚した。

神職のなんたるかなんて知らなかった。教えられても理解はできなかった。しかしいまならば少しはわかる。

神とひととをつなぐもの、神職とはおそらくそうした任を負う存在なのだ。そして、ハクといるうちに自分はその役割を果たす『神主様』でありたいと心から思うようになっていた。

ハクは春日の返答を受けてまず「おまえは清く、豊かだな」と言った。次に春日へ視線を向け、静かな口調でこう続けた。

「私も豊かでありたいものだ。神の声を聞く眷属であることは変わらずとも、いまが、私自身の考えを改めるべきときかもしれないな。おまえが山と村をつなぐというのなら、少なくとも私は手を差しのべよう。それについて神がどう感じるのかまでは計れないがね」

ハクのセリフについ目を見張ってしまった。山と村が争うのもまた自然であると構えていた男が、手を差しのべようなんて言うとは思っていなかった。

その春日の表情が面白かったのか、ハクは淡く笑って言葉を連ねた。

「おまえに出会い、愛を知り、私はひとも重んじるべきだと思うようになったよ。おまえのようなものがいるのであれば人間も悪いばかりではないのだろう。ともにあれるのであればそれがもっとも豊かな姿だ。と、私が言うのはおかしいか」

「違う……。おかしくない。おれはただ、さみしがりの幼子がはじめて誰かと友達になれたときくらい、感動してるだけだ」

「幼子？　おまえはときに愉快なことを言うな」

六月下旬のまばゆい陽のもと、真っ直ぐに春日を見つめて楽しげに目を細めるハクを見て、もう何度目になるのか、美しい、そう感じた。きっと造作が整っているというだけではないのだろう、そんなことには気づいていたが、なぜなのかはいまいちわかっていなかった。

しかしようやく、自分が彼を美しいと思う理由が、はじめて理解できた気がした。

無自覚にもずっとハクという男に心惹《ひ》かれていたためのみならず、彼が神聖なる神の眷属だからこそ、理屈ではなくただ美しいと素直に感じたのだろう。神社を遊び場に育った自分は、数式では示せず、ゆえに頭で得心できずとも、神職だ。

清いのは自分ではない、この大神様のほうだ。自分はそれを感覚で知っているのだ。

「クロエはひとを愛したことで、この思いを知ったのだろう。なにをも考えずただ人間についたのではなく、結果としてそうなっただけなのかもしれないな」

鳥居の方向へ視線を戻し、ハクは淡々と言った。広がる緑を眺めているのか、山そのものである神を見ているのか、あるいはもっと別のものが脳裏に浮かんでいるのかはわからなかった。

「あれもまた神の眷属だったのだ。ならばそう簡単には山を捨てられまい。山に住まい人間を愛したクロエも、いまの私と等しく両者がともにあれればと考えもしたろう。しかし神には通じなかった」

一拍置いてから「そうかもな」と返した。山を心底嫌いにはなれないんだよ、いつだったか煙草を燻らせながら黒江が言ったセリフをふと思い出す。

おのが経験から共存はできないと断じた彼はきっとその裏で、山と人間、どちらも愛しているのだろう。あのとき自分はそんなことを考えたはずだ。ならば本当は彼もまた、神とひととが尊重しあえればいいのにと心のどこかで思っているのではないか。

「神はクロエを許さず追放した。気難しい主だからな。だが、私はここにありつつ、ひとであるおまえと愛しあいたい。だからこそ山と人間が愛をもって互いを重んじることを願う。愛とは尊いものだ。おまえに教えられたんだ」

「いや……。多分おれのほうが、あんたから、教わったんだよ」

「では、ふたりで学んだのか。我々はいま愛を味わっている。そしてこの感情をクロエも知っている。当時のあれはあれなりに、愛を貫きたかっただけなのだろう。これまで理解できなかったが、クロエの取った行動も、現在なぜ私に反発せざるをえないのかも、もうわからないとは言いたくないな」

「……そうか」

つい目を向けたハクの横顔には、澄んだ表情が浮かんでいた。この男は素直で正直だから、口に出した言葉はすべて本心なのだと思う。

神とひとが互いを重んじ、ともにあることをハクはいま願っている。それから、黒江を理解したいと考えてもいる。

この山の大神様は、純真なのだ。ハクは頑固だからなんて黒江から何度か聞かされたが、それは単に彼が山の外を知らずにいたから、知る必要もないと考えていたからだ。しかし、山の外から春日がこの神社を訪れたことで、そしてそれを受け入れたことで彼は変わった。清く純粋な心の持ち主でなければこんなふうに素直に変化することはできない。

感情を自覚し、さみしさを知り、愛を覚えて、ハクは豊かになったのだ。

それまで涼やかな眼差しを鳥居の外に向けていた彼が不意に、なにかに気づいたように目を瞬かせたのは、会話が途切れたのちしばらくしてからだった。美しい横顔に浮かんだ悩ましげな表情につい首を傾げ、彼の視線を追って鳥居の方向へ目を向ける。

鳥居の上には、いつのまに飛んできたのか、一羽の烏が止まっていた。

身体が大きい。そういえば、黒江と山道を下りる途中で見た烏も大きかった。それからハクを探しひとり歩いた山の深くで出会った烏も、大きかった。

同じ個体なのかはわからない。ただ、いずれのときにも感じた恐怖心が背筋をぞわりと這いあがってくるのは自覚できた。一度烏の群に襲われたからという理由だけではないような気がする。

この感覚はなんだ？

「神。あなたには我々の思いが理解できるだろうか」

烏を真っ直ぐに見つめてハクが呟いた言葉の意味もまた、わからなかった。

「僕にハクと話をしろと？」

もう一度ハクに会ってくれないか、という春日の要求を聞いて、煙草を片手に黒江は訝《いぶか》しげにそう言った。

鳥居の上に烏を見かけたその日の夜、那須野の屋敷で食事をとり酒につきあったあと、いつものように倉の裏で一服していた黒江に声をかけた。ゆらゆらと揺れる行灯の明かりをふたりで眺めながら、彼はしばらく穏やかに春日の話を聞いていたが、一緒に山を登ってくれという頼みを切り出したときには眉をひそめた。

「用事もないのにわざわざ会いに行ったら、僕が構わなくてもハクがいやがるよ。世間話をするような関係じゃないんだ、無意味に言い争うなんてごめんだね。僕が伝えるべきは先日伝えた。五月の半ばだったかな、春日くんも一緒にいたろう。それとも君は、改めて僕とハクを喧嘩させたいのか？」

「いや。ハクはもう黒江さんと喧嘩しないぞ。あんたが五十年前になにを考えてたのか、ハクなりに理解したいと思ってるんだ。だから、ちゃんと話をしてくれ。たとえいまは人間として生きてたって、あんたはハクとは一対の大神様なんだろ。許容しあえないままなんてやっぱりおかしい。よくない」

渋る黒江に言いつのると、彼は溜息を交ぜあわせた紫煙を吐いた。ハクを頑固だと評した黒江だってなかなか頑固なところがあるよなと、いつかと似たようなことを考え心の中で同じく溜息をつく。

「春日くん。君が実に清廉であることは認めよう。かつての仲間が対立しているのはよろしくないという考えも、まるで汚れを知らない少年のようで素晴らしい、評価したいね。でも、ハクが山にこもっている限り僕らが許容しあうなんてことは」

ありえない、決してない、とでも続けようとしたのだろう黒江は、しかしそこで不意に言葉を切った。彼がまじまじと春日の手首を見つめていたのでつられて目をやり、シャツの袖から覗く自分の肌に、この薄暗い中でもわかる指の痕が残っていることにようやく気づいて、かっと頰に血が上る。

優しいときも熱っぽいときもあるが、そういえば今日のハクはそこそこ強引だった。春日の手首を摑み畳に組み敷いて、荒っぽく揺さぶった。どのように扱われても愛ゆえだと知っているから嬉しいが、半袖を着る季節になったらさすがにハクに注意しなくてはと頭の隅で考える。

「へえ。君はハクと寝るんだな。痕を残すほど押さえつけるなんて、彼は結構情熱的なセックスをするんだね」

手首の痕と春日の反応から正確に事情を察したらしく、黒江は単純にびっくりしたような声でそう言った。からかうでも呆れるでもない口調に余計居心地が悪くなる。こんなふうに断じられては、ちょっと摑まれただけだからとかなんとか言い訳することもできない。

「……あんたも、人間と恋をしたんだろ？　情熱的なセックスだってしたんじゃないのか」

ぼそぼそと言葉を返すと、黒江は「僕のセックスは常に紳士的だよ」と本気なのだか冗談なのだかわからないセリフを口に出した。それからじっと春日を見つめて、愉快そうに目を細め笑った。

「なるほど。孤独なハクはようやく愛を知ったというわけか。ならば確かに当時の僕の心境も少しくらいはわかるようになったのかな？　君はそう考えたんだろう？」

「……ハクは黒江さんのことを、もうわからないとは言いたくないらしいぞ。ハクによるとあんたは愛を貫きたかっただけなんだってよ」

「彼は頑固ではあるけど、まあ反面、幼子みたいに素直なところもあるからね。考えを改めるべきと決めてしまえば潔いのか」

煙草を灰皿で消しながら言って、黒江は星が瞬く夜空を仰いだ。綺麗な男だな、と以前にも感じたことをまた思った。彼の容姿が整っていることは確かだが、きっとそれのみではない。かつてとはいえ黒江が神の眷属であったからこそ、神職である自分の目にはより綺麗なものとして映るのではないか。ハクの美しさに心を打たれるのと同じだ。

態度を軟化させた黒江と、では明日一緒に神社へ行こうと約束をし、母屋に戻って休んだ。翌朝、水田でのひと仕事をすませて戻ってきた黒江と朝食後に連れ立って山を登る。

春日とともに姿を現した黒江を認めて、ハクも驚きはしただろう。しかし去れだのなんだのといったいつもの文句は言わなかった。彼にはもう黒江を追い返すつもりはないのだ。とはいえ、さすがにいきなり歓迎の笑みを浮かべることはできなかったらしく、半ば困ったような表情を見せて黒江に声をかける。

「クロエ。おまえも私と等しく神の眷属だ、遠慮なく社へ入ればいい。ああ、今日はよく晴れているな。久しぶりに古なじみと話をするにはちょうどいい」

我々は一対の大神様なのだからもう仲直りしようという意味を込めてか、ハクは左右に立つ狼の像へ交互に目をやった。はじめて出会った日に像の片方を指さし、私はあれだとハクは言っていたから、もう片方は黒江ということになる。

不器用極まりない誘い文句に、可愛らしい男だとつい密かに笑った。隣にちらりと視線をやると、似たようなことを感じたのか黒江も楽しげな目の色をして、「確かにとてもいい天気だ」と言い頷いた。

三人で拝殿の扉に続く階段に腰かけ、初夏の陽のもとで言葉を交わした。はじめはぎこちなかったが、むかしを思い出したのかハクの口調は次第に、春日とふたりでいるときと同じくなめらかになった。

「私は春日から愛を教わった。ひととはあたたかいいきものでもあるな。おまえは五十年前にそれを知ったということか」

黒江に対しての言葉なのだから口を挟むわけにもいかず、ひとりでそわそわしてしまった。ふたりきりで言われても照れるのに、他のものに対して春日から愛を教わったなんて告げられると余計に小《こ》っ恥《ぱ》ずかしくなる。

鳥居の方向を眺め、目を合わせずに黒江は「そうだね」と返した。見つめあえばハクが言い淀《よど》むと考えたのかもしれない。

黒江の相槌を受けて、少しの間を置いたあとハクは静かに続けた。

「私はもうおまえのことを裏切り者だとは言わないよ、クロエ。おまえにも思うところがあったのだろう、それを否定はしたくない。そのうえで、私は山とひとどがともにあれるよう願う。動物たちにも、ひいては神にも愛を教えてやりたいものだな。心が充ち、しあわせを感じる」

「君は本当に純真だねえ。そういうところは、そうだな、妬ましくも好ましいよ」

「人間への憎しみから村を荒らす山のものたちの思いも、ゆえに彼らを憎むひとの思いもわかる。しかし憎しみによる争いだけではなにも解決すまい。いずれか、あるいは両方が潰れる。放っておけばいいと考えていたが、我が社の神主が山と村をつなぐと言うのでね。私は手を差しのべたい」

ハクのセリフを聞き黒江はしばらく黙っていた。なにかしら思案しているらしい。それから半ば呆れたような吐息を洩らして、真っ直ぐ前を向いたまま言った。

「所詮は綺麗事、とはいえ綺麗であることは認めざるをえないな。僕は諦めが早すぎたのか。言い訳をするなら、あのときの僕はひとりだったんだよ、無力極まりないよ。でもいまは三人もいるんだな。寄ればなんとかって言いかたもあるね」

「百パーセントこちらの味方だ、あちらの仲間だと決めつけるのはおかしいと春日が言っていた」

「ああ。ああもう、あまり僕をいじめないでくれ。理解したよ、ちゃんと理解した。君たちの決意は尊い。僕の手が役立つというのなら差しのべよう」

再度の溜息をついてから、黒江は先のハクと似たような言葉を使って賛同を示した。人間サイドだと断言しつつも山を心底嫌いにはなれないと告げた黒江は、無自覚なのであれ、誰かからこうして諭されるのを待っていたのかもしれないなと思った。

この山の大神様は清く美しいのだ。それはハクだけではない、黒江とて同じなのだろう。

黒江の同意を確認してからハクは腰を上げ、いたって軽い口調で「では久々におまえもあちらへ行くか」と言った。驚いたのか小さく肩を揺らした黒江を振り返り、ようやく真っ直ぐに目を合わせて楽しげに続ける。

「春日の祝詞は心地よい、心が洗われる。おまえにも聞かせてみたいものだ。春日、構わないか」

「え？　いや、当然。おれの祝詞であんたたちの気分がよくなるっていうならいくらでも唱えるぞ。いつも以上にいいやつ聞かせてやるよ」

不意に話の矛先を向けられたので慌てて答えた。彼らのあいだにあった意思のもつれが解けたことに安堵して、神職である自分の仕事を忘れていた。

春日の返事にハクは満足そうな笑みを浮かべた。それからすぐに、いつのまにかすっかり慣れていた真っ白な霧が古びた境内に立ちこめた。鳥居や狛犬、どころか、隣に座る黒江の姿までまったく見えなくなる。

しかし、霧が晴れたのちに目に映った光景は普段と異なっていた。傷ひとつない鳥居も狛犬も見慣れた『あるべき神社』ではあるのだが、境内には明らかに不穏な空気が漂っている。

原因はすぐにわかった。烏だ。見あげた頭上に何羽もの真っ黒な烏が飛び交っているのだ。

「烏……？　なんだこれ」

意味がわからずつい首を傾げたのは、春日だけだった。ハクと黒江はなにかしらの共通認識があるのか、目を見あわせて無言で眉をひそめている。

最初に動いたのは、ハクだった。階段を上り扉を広く開けて拝殿に足を踏み入れる。黒江がそれに続き、意味がわからないながら春日も彼らにならうと、いままで他人がいたことのない拝殿の中に誰かの気配を感じた。

並んで立つ背の高いふたりのあいだからなんとか覗いた先、祭壇の前にいたのは、ひとりの少年だった。

きっちりとした和装の少年からは強烈なまでの存在感が滲み出ていた。厳しい表情のせいなのかまったく隙のない立ち姿のせいなのか、肌を這うようななんともいえない畏れを覚え、そんな自分に戸惑う。

そうだ、いつだったか子どもをこの異世界の神社で見たことがあったような、と春日が思い出したのとほぼ同時に、ハクと黒江がこう言った。

「神」

咄嗟には意味がのみ込めなかった。しばらくぽかんと口を開けてから、ようやく彼らが発した言葉を理解して春日は目を見張った。

神。この少年が彼らの主である、山の神なのか。

神と呼ばれた少年は黙ったまま三人をじっと見ていた。というより睨んでいた。この神社の祭神は山そのものだ、そんなものがひとの姿をしているのか、混乱する頭で懸命に考える。

こちらの、異世界にある神社は、神の見るあるべき社をハクが具現化しているものだと聞いた。神の望みで形成されている場所であるからこそ、彼も姿形を持てるということか。もといた現実世界の神社では一度も目にしていないのだから、つまりそういうことなのかもしれない。

などという思考は、次に真っ白な光が拝殿に充ちたせいで掻き消えた。ハクが狼へと姿を変える際に発するものであることはもう知っている、とはいえ相変わらずの痛いくらいの眩しさにはいまだに慣れない。

咄嗟に瞼を伏せる前に、その光に知らない闇が交じるのがわかりつい目を瞬かせた。どこから忍び寄っていたものなのか、月も星もない夜のように真っ黒で、意識ごと身体を吸い込まれそうな、まさに闇だ。

光と闇はどちらかがどちらかを打ち消すこともなく絡みあっていた。拝殿の内部、柱も祭壇も少年の姿も、白と黒に視界を塞がれまったく見えはしない。その光景は不可思議で、足もとが浮きあがりそうな感覚に襲われくらくらした。

拝殿を充たしていた光と闇は、しばらくののちにするりと消えていった。クリアになった目の前に姿を現したのは二匹の大きな狼だった。真っ白な一匹がハクであることはわかる。ということは、真っ黒なもう一匹は、黒江か。彼は紛れもなくこの山の大神様なのだから、ハクと等しく狼へと姿を変えられるのも当然のことなのだろう。

「クロエ」

そこで少年がようやく口を開いた。どこかに幼さの残る声であるのに、拝殿の空気が一瞬でぴりっと緊張したものに変わるような威圧感があった。

彼は神なのだ。頭ではなく、勝手に粟立つ肌でそう理解した。でなければこんなふうに畏怖の念に打たれたり、それのあまり身体が強張ったりはしないと思う。

「おまえは追放された身だ。なぜここにいる？　人間に傾倒し、神の眷属たるを忘れたおまえに用はない」

ぴしりと言いきられても真っ黒な狼は身動きしなかった。というより主を前に動けもしなかったのか。神はまた少しのあいだ口を閉じ、それから「罪には罰が必要か」と言って右手を前へ差しのべた。

それを合図にしたかのように、拝殿へ何羽もの鳥が飛び込んできた。こんな光景を見たことがあると、恐怖心に目を見開いたまま思い出した。ハクが具現化している『あるべき神社』からひとり外へ出てしまい、山の奥深くまで踏み入ったあの日にも、こうして鳥に囲まれた。その中に、ひときわ大きな一羽がいたことを覚えている。

そしてあのときだけではない。はじめて神社を訪れた日、ハクとふたりでウサギと戯れた日にも同じく大きな鳥を目にした。

ただし、いま拝殿を飛び回っている鳥の中には、例の、まるで指揮官のような一羽は見当たらなかった。理由は容易に想像できた。あの鳥はいま、別の姿を得てこの場にいるのだ。

あれは、神だったのか。

そういえばハクも黒江も鳥を見つめて春日には解せないセリフを幾度か呟いた。様子を見に来たか。神は警戒しているか。神、あなたには我々の思いが理解できるだろうか。あれらの言葉の意味がようやくわかった。

神は現実世界の山では鳥の姿を借りているのだろう。そして、鳥の群を操っている。

鳥はしばらく三人のまわりを飛び交っていたが、神が黒江を指さすと途端に真っ黒な狼に襲いかかった。殺そうという意図まではないのだと思う。とはいえ、その鋭い嘴や爪が被毛に覆われた狼の身体を確実に裂いていく様子は見て取れ、怖じ気で足がすくんだ。

どれだけ傷つけられても黒江はやはり身じろぎひとつしなかった。甘んじて罰を受け入れているのか、単に神を目前にすれば抗えないのかはわからない。

春日がなにをすることもできずその場に固まっていると、そこでハクが動いた。黒い狼をかばうようにその前に立ち、鳥を追い払うのではなく彼らの嘴や爪を黒江のかわりに受け止めている。

「ハク。おまえも近頃様子がおかしいのではないか？」

祭壇の前に真っ直ぐに立ったまま神がひややかな口調で言った。それが彼の下した罰であるとはいえ、おのが眷属が目の前で血を滲ませていようとまったく動じていない姿に、畏れと同時に恐怖を覚える。

「おまえが人間と言葉を交わそうが番おうが、気まぐれであり戯れであるのならどうでもよい。しかし山を軽視し人間を重んじることは許されない。おまえが見るべきは私と、私のそばにある存在のみだ。山に住まうものたちとともにあれという掟《おきて》に逆らうな」

神の言葉に、そうではないのだ、ハクは愛を知り豊かになったのだと言い返したかった。しかし緊張と恐怖でからからに渇いた喉からは声が出なかった。

山と村、どちらかに加担するのではなく両者を共存させたいと現在のハクは願っている。どちらも等しく重んじているのだ、それは当然神職たる自分もだし、そしていまは黒江も同じ思いでいるだろう。

この意思が、神には通じないのか。

我が主は少々気難しいのでね。山は無慈悲だと思わないか。いつかハクと黒江が口に出したセリフがふと脳裏に蘇る。であれば、そう簡単には理解されないのも当たり前か。神の使いであるハクだってはじめは人間には目も向けていなかったのだから、その主がすんなりとひとを受け入れるはずもない。

「ハク！　一度、あっちに戻ってくれ……！」

次第に傷を増やしていく二匹の狼を見ていられず、なんとかそれだけを掠れた声にした。烏に囲まれたままハクは春日を振り返りひとつ瞬きをして、わかった、と示した。春日の必死な表情を認め、戻ってくれという頼みを聞き入れることにしたらしい。

次の瞬間に視界は白と黒で塗り潰された。光と闇、霧が同時に拝殿へ充ち、今度こそ目を開けていられなくなる。

瞑《めい》していてもわかる光が収まってからおそるおそる瞼を上げ、古びた現実の拝殿が視界に入った途端に春日はその場に座り込んだ。飛び交っていた烏の姿も消えており、感じるのはもうすっかり慣れた静かな気配のみだ。ここは『あるがままの神社』であり、ハクが形作り神が姿を得る『あるべき神社』ではない。

ハクと黒江は人間の姿に戻っていた。春日には背を向け真っ直ぐに祭壇を見つめている。

「……あんたら、……痛くないのか」

いまだ動揺と怖じ気の去らない口調でそろそろと声をかけると、振り返ったふたりにほぼ同時に返された。

「さほど」

「そんなに痛くはないかな」

彼らの言葉にまずほっとし、それから慌ててリュックサックを探り傷薬を取り出した。セックスの際に使ったことしかなかったので若干の気まずさは感じたが、そうもいっていられない。

ハクも、黒江も、着衣自体には乱れもなかった。狼であるときには身につけていないからということか。しかし、構うな、と言われつつも上半身の服を引きはがすと、肌には異世界の神社で烏に切り裂かれた生々しい傷が走っていた。

ふたりから、怪我をしているのは主に体幹で腕や足は平気だと告げられる。短い時間の出来事でもあったし、彼らは狼の姿をしていたため、四肢までは烏の嘴や爪が及ばなかったのだろう。

思っていたほどひどい傷ではなかったので、再度安堵した。とはいえ生傷は生傷だ、放っておいて化膿《かのう》でもしたらたまらないと丁寧に傷薬を塗る。

「春日くんはかいがいしいなあ。こんなふうに優しくされたら恋に落ちるよ。僕はいまさみしい独り身なんだから」

遠慮したのか最初は拒んでいた黒江は、途中で抵抗を諦め大人しく春日の手に身を任せてそう言った。先に手当てを終えていたハクから低く「クロエ」と名を呼ばれて肩をすくめる様子は、いままで神の前で動けずにいた姿とは打って変わって、普段通りの軽やかなものだった。

「冗談だよ、冗談。ハクの恋人に手を出すほど僕は怖いもの知らずじゃない。君は相変わらず頭が固いな、岩でも詰まってるのか？」

「ではおまえの頭に詰まっているのは霞《かす》みか雲か？　それから我々は恋人ではなく、伴侶だ」

「へえ？　伴侶か、それは大した覚悟だ。ごちそうさまです」

軽口を交わすふたりは、きっと五十年前まではこうした友達みたいな関係だったのだろうな、と想像できるくらいには親しげに見えた。顔を合わせれば言い争うばかりだった彼らがもとの仲に戻れたのであれば素直に嬉しい。

とはいえハクの美貌には、また黒江の顔にも、隠しきれない苦悩が滲み出ていることはうかがえた。一対の眷属はいましがた彼らの主たる神から叱責されたわけだから、そしてなにひとつ解決できぬまま逃げ出したのだから当然だとは思う。

怪我をしていることもあったため、無理せず寝ていろとハクに告げ、黒江を連れてふたりで早めに村へ戻った。台所で洗い物をしていた夏子に「今日は早いねえ、なにかあったのかい」と驚かれたので適当にごまかし、黒江は追い払って料理の手伝いをする。

その夜、那須野につきあい酒を飲んだあと、母屋の電話を借りて久しぶりに父親と連絡を取った。彼ならば経験も知恵もあるのだし、なにか助言を得られるのではないかと思ったからだ。

なにせ春日を村へと送り込んだのは父親本人なのだから、神社の由来等は知っているだろう。詳細は省いて、また大神様や神に会ったとも告げず常識の範囲内で現状を説明すると、彼は特に考え込むでもなく言った。

『そこの神社の祭神は、山だ。ならば、無策に山を崩す人間の傍若無人に憤るのは至極当然だな』

それはその通りだ、だからこそどうすれば状況が好転するかを知りたいのだ。受話器を握って唸《うな》っていたら、今度は先より穏やかな声が聞こえてきた。

『おまえがどうにかしたいと思うんだったら、敬意と誠意をもって神に語りかけてみればいい。日本の神は癖が強いが、まあ案外と素直なところもあるから』

「語りかける？　どうやって」

『おまえは祝詞のひとつも考えられないのか？』

ははは、と陽気な笑い声を残して電話は向こうから切れた。もう少し訊きたいこともあったのになんとも素っ気ない。つまりあとは自分の頭を使えと父親は言っているのだろう。

祝詞を考える、か。確かに祝詞をアレンジするのは神職の技術のひとつであり、養成課程でも学んだからできないわけではない。とはいえ当時は特にやる気もなかったし、資格取得後は父親が宮司である神社でルーチンワークをしていただけなので、実際どこかの神様のために祝詞作文をしたことなんてなかった。

那須野と夏子に挨拶をしてから与えられた部屋に引っ込み、布団に潜り込んで思案した。父親はこの村に息子を住まわせ問題に直面させることで、神とひととをつなぐという神職のありかたを教えたかったのかもしれないないなとは思った。

ハクは、父親の前には姿を現さなかったと言っていたから、まさか実際に春日と神の眷属が出会って恋に落ちるとは考えていなかったろう。しかしそれで春日がおのれの存在意義を自覚したのは確かなので、父親の作戦は悪くなかった。

ならば、神職としていまある問題を解決しなければならない。敬意と誠意をもって語りかければ、あの気難しい神様も少しは聞いてくれるのか。


翌日も、朝食後黒江とふたりで山を登った。

おいそれとは近づけない神社でもあるし、そうたびたび黒江がついていけば神主様の邪魔になるのではないかと夏子は不安がった。しかし春日が「黒江さんには一緒に境内の掃除をしてもらってるんです」と言ったら、ならばこの変わり者は体力だけはあるのでこき使ってくださいと今度は頭を下げられた。彼らはまるで本当の親子みたいだなと、いつかと似たようなことを思う。

那須野によれば、田植えという米農家にとっての一大イベントがすんでしまえば、日々やることはあれど作業としてはさほど骨の折れるものではないらしい。だから数日黒江ひとりが留守にしてもなんとかなるそうだ。

神社ではいつものようにハクが拝殿の階段に座り、野ウサギと戯れていた。春日と黒江の姿を認めてウサギを境内から外に逃がす。

昨日烏に襲われ傷を負ったばかりだというのに、ハクも黒江も常と変わらぬ顔をしていた。それほど痛くはないと言っていたのは、ただの強がりではなかったようだ。おのが使いが相手であるから、罰を下す神もそれなりには手を緩めていたのかもしれない。

「今日はあちらの神社できちんと神と話をしようと思う。そう簡単に聞き入れてはもらえなかろうが、我々の考えをまず伝えないことにはどうにもしようがない」

立ちあがったハクが口に出した言葉にひとつ頷いてから、黒江は小さく肩をすくめて言った。

「なら、僕はこちらの山で待っていよう。追放された身である僕がいると、余計に話がこじれる」

「いまさらという気もするがね」

「少なくともハクはずっと神のお気に入りだったんだから、僕がいなければ彼も昨日よりは冷静に話を聞けるんじゃないかな？」

黒江を置いていくのは気が引けたのかハクは少しばかり困ったような顔をして、だが、結局は彼の意見を受け入れた。境内を出ていく黒江の背を見送ってから、いつも通り真っ白な霧を呼ぶ。

ハクが形成した異世界の神社には、昨日と等しく不穏な空気が漂っていた。見あげた空には何羽もの鳥が舞っている。気味が悪い。しかしハクは大して気にしていないのか、春日を連れ怯みのない足取りで拝殿へと歩み寄った。

階段を上り扉を開けた向こうには、昨日同様、祭壇の前に少年が立っていた。いっさい乱れのない和装と立ち姿、鋭い視線、一度は目にしているはずなのに、やはりその隙のないたたずまいに緊張を覚える。

少年、いや、神は黙ってハクと、その隣に立った春日を見た。黒江がいないことには当然気づいているのだろうが言及する様子はない。

「あなたと話をしに来た。その前に、私がいまもむかしも変わらず神の眷属であることは、わかっていてほしい。私は決して神を、山を、軽んじてはいない」

神の眼差しを真っ直ぐに受け止め、ハクは静かにそう言った。昨日神が発した、山を軽視し人間を重んじることは許されない、というセリフへの答えなのだろう。

彼が狼の姿にならないのは、音をなす言語でしっかり神と対話をしたいからか。しかしこの男は、主の前でも普段の態度と口調のままなのだなと密かに驚いた。かしこまったりひざまずいたりせめて敬語を使ったり、そんなことをする必要もないほど彼らは近しくあるのだ、と理解はできてもはらはらしてしまう。

神は無言のままハクを睨んでいた。しもべの言い分を頭の中で整理しているというのではなく、目つきだけで相手を叱りつけている、怒りを示している表情だと思う。

それに合わせてしばらくのあいだ口を閉ざしてから、ハクはどこか切なげな声で神に問いかけた。

「ひとから愛されない神でいるのは、さみしくはないのか？」

彼の言葉に、どきっと胸が鳴った。愛、さみしい、そうした感情は、間違いなく自分が大神様へ教えたものだ。彼に、なにをも知らずただ生きるだけの哀しい存在であってほしくなかったからだ。そして新しい思いを覚えた彼は豊かになった。

神はそこでようやく口を開き、飄々《ひょうひょう》とハクに答えた。

「山神は畏怖の対象であるべきで、親愛の対象である必要はない。人間に慕われたところで我々になんらかの得があるか？　なににもならぬのならうっとうしいだけだ」

「それではいずれ山か村かのどちらか、あるいは両者が終わる。対立するばかりでは双方の破壊も進むのみだ。だから愛をもって共存し、多くを望まず過分に傷つけず、互いに身の丈に合った暮らしをすべきだろう。我々がともにあるために」

「破壊が進むのであれば、それが自然というものだ。不服ならおまえがひとの世を終わらせろ。そうすれば山は終わらない」

取りつく島もない神の声に、さすが日本の神様だなと妙に納得した。癖は強くても案外素直だなんて電話越しに父親は言っていたが、少なくともこの神は頑固極まりない。

出会ったばかりのころのハクに似ている。そうではなく、当時のハクが神に似ていたのか、となんとなく考えた。

ハクは小さく吐息を洩らした。頑固な神様だ、と彼もまた感じたのかもしれない。それから、口調を荒らげるでも下手《した て》に出るでもなく、隣の春日を視線で指して淡々と言った。

「もうあなたも知っているのだろうが、このものは社に仕える神職だ。名を春日という。私は彼に愛を教わった。そして愛しあうようになった。我々がそうあれるのと同様に、山とひとも愛しあいともにしあわせを味わえるはずだと私は信じる」

突然話題が自分に向いたので、思わずびくっと身体を強張らせた。愛しあっている、なんてストレートに口に出されるといまだに胸が高鳴るのをどうにかしたい。

しかし次に神からじろりと睨みつけられたので、今度は別の意味合いでどくりと心臓が大きく拍動した。

「人間。おまえはハクを愛しているのか？　人間ごときが神の眷属を愛するのか？　そうしたところで自然のなりゆきは変わりはしないのに？」

心の中をすっかり見透かされそうな、どころかまるで切り裂かれてしまうような神の眼差しにいやな汗が滲んだ。こんなふうに問いかけられても咄嗟にはどう答えればいいのかわからない。

それから深呼吸をして、落ち着け、と自分に言い聞かせた。少なくともこの神は、かつてのハクとは異なり愛という言葉を知っている。

いつかハクは、神は山が生まれたときから存在していると言っていた。そんなむかしからいまにいたるまでの長い長い時間に起こった悲喜こもごもを、まさに高みから眺めてきたのなら、神が愛とはなんであるかを認識していても驚くことではないのかもしれない。

神が、おのが眷属に愛やさみしさといった心の動きを教えなかったのは、知識としては把握していても感情としては理解できないから、また、それらを自身やその使いにとっては必要のないものと判断したからか。だとしても意味を知ってはいるのだから、共通する言葉を用いて申し述べれば、たとえ許容はされずとも少しくらい神に思いを伝えられるはずだ。

「そうだ。おれはハクを愛している。おれたちは愛しあっている。意味、わかるんだろ。おれとハクが互いに抱いている愛ってのは、とてもあたたかくてしあわせなものだ。だから同じように山と村を、愛をもってつなぐ。それがおれの役割だからな。対立してたって不毛だし、さみしいだけだよ」

なんとか、それでもみっともなく掠れる声で答えた。これで最低限の説明にはなっているだろう。

春日のセリフに呆れたのか神は僅かばかり目を細め、今度はこう訊ねた。

「つなぐ？　どうやってつなぐ？　大言を吐くばかりでは惨めなだけだ。人間ひとりの力では、いまある流れは止められない」

「おれなりに考えてはいる。具体策はできてるんだ、だから時期が来れば動く。それにひとはひとりじゃないぞ、集まればそこそこの力にはなるんだよ」

「有象無象が集まろうと意味はない」

春日の言葉を一蹴《いっしゅう》して、神は視線をハクに戻した。厳しい目の色はそのまま「おまえはどう思っている」とおのが使いに問いかける。

ハクは一拍の間を置いてから、はっきりとした口調で告げた。

「春日がつなぐというのなら、たとえあなたの怒りに触れるとしても、私は手を差しのべる」

ハクの返答に神はそこではじめて、うっすらと笑った。愉快だった、面白かったというのではないだろう。むしろ真逆の意味を持つ笑みに見えた。

神は、ハクの言葉の通り、怒ったのだ。

「なるほど。主たる私の怒りに触れてもおまえはおのが思いを貫くと？　所詮はおまえもクロエと同じか」

寒気を覚えるような笑みを浮かべたままそう言い、神は片手を前に差し出した。昨日も見た、烏の群を拝殿へ呼び込むための仕草だ。

「私に逆らうのであれば、ハク、おまえももはや必要ない」

それまで以上にひややかな神の声に身がすくんだ。今日こそ手加減なく烏に襲われる、そう覚悟する。しかし、開け放たれた扉の向こうから烏は飛び込んではこなかった。

かわりにふっと足もとが浮くような、不自然な目眩を感じた。なにかがおかしい、なにかが起こる。そんな予感に焦って周囲を見渡すと、目に映る光景が次第に崩れていくのがわかった。

物理的に建物が壊れるというのではない。もっと不可解で、奇妙な感覚だった。まるでひとつの絵をなしていたモザイクがばらばらに砕けていくみたいな、急にパソコンのモニターが不規則に乱れるようななんともいえない恐怖と不快感、それから不意の吐き気を覚えぎゅっと目を瞑る。気持ちが悪い。頭の中にまでノイズが入り込んできて、思考がぐちゃぐちゃになりそうだ。

「春日。春日」

くり返し名前を呼ばれていることに気がついたのは、しばらくしてからだった。いつのまにかしゃがみ込み抱えていた頭をおそるおそる上げると、あたりは現実世界の古びた神社にある拝殿に戻っていた。

どういうことだ、なにが起こったのだと余計に混乱する。いつものように白い霧がかかったわけでもないのに、あちらとこちらを行き来した？　というより、異世界の『あるべき神社』が力尽くで掻き消され、強引に追い払われたような感じがした。

「春日。気分が悪かろう。大丈夫か？」

腕を摑まれ抗わずによろよろと立ちあがった。心配そうにこちらを見ているハクの美貌を認め、そこでようやくほっと吐息が零れる。少なくともこの男も、そして自分も無事ではあるらしい。

「相変わらず僕らの主は頑固だね。まともな話しあいにはならなかったか？」

扉の向こうからやわらかな声が聞こえてきたので視線を向けると、なにかを察し境内に戻ってきていたらしい黒江が立っていた。春日の手を引き拝殿を出たハクは、「おまえも必要ないと言われた」と短く黒江に説明した。

黒江は困ったように笑い、両手を肩の高さまで上げて、お手あげ、と示しこう言った。

「なるほど？　じゃあ僕らはふたりとも追放されたというわけか」

「諦めるのはまだ早い」

いまだにふらついている春日を階段に座らせ、その隣に腰かけてハクが言葉を返した。様子をうかがうように鳥居から境内を覗いている野ウサギをいつも通り手招く。

普段であれば嬉しげにハクへ寄ってくるウサギは、しかしなぜか、まさに脱兎《だっと》のごとく山の中へ消えていった。

自分にも懐いていたし、先ほどだってハクと遊んでいたのに、どうしてだ。現在の山では見慣れぬ黒江を警戒したのだとしても、普通、そんなふうに大急ぎで逃げ出しはしないと思う。

つい首を傾げ、それからはっと隣を見ると、ハクがいやにさみしげな顔をして呟いた。

「動物たちと心を通わせられなくなっている。彼は私に手を差しのべられて恐怖を覚えたようだ」

ハクの表情に、ずきっと胸に痛みが走るのを感じた。もう何度も目にした、ウサギと戯れるときにいつでも彼が浮かべている優しい表情が脳裏に蘇る。彼にとって動物たちは大事な存在なのだ。なのにこの男は、彼らとともにあることができなくなってしまったのか？　そう思うと春日のほうが泣きたくなった。

「ハク。あちらの神社には行けるのか？」

階段に座るハクの前に立ち黒江が問いかけた。ハクはしばらくのあいだ黙ってから、微かに眉をひそめて黒江を見あげ答えた。

「駄目だな。いまの私ではあちらの神社を具現化できない。力が足りない」

「つまり神が君の力を弱めているわけか。僕のときと同じように」

ふ、とふたり同時に小さな溜息を洩らすのを、無言で聞いていた。諦めるのはまだ早いというハクの言葉を肯定したい。ならばどうすべきか。口をつぐんだまま懸命に考える。

神の意思でハクの力が弱まっている。異世界の、すなわち神と話ができる『あるべき神社』を形成することができない。それではなすすべがない。

なんでもいい。もう一度、神と向かいあう方法はないのか？

「人間と共存するということは、ひいては山を守るためでもあるのに、神には伝わらないか」

誰に言うでもなくハクが呟いた言葉は、違わず大神様の本心だと思う。

しばらく三人で黙り込み空を眺めていた。状況に不似合いなほどよく晴れた青空が目に映る。一羽も鳥の姿が見当たらないのは、いまのハクにはなにもできない、追放した眷属などもう気にする必要さえないと神が考えているからだろう。

ならばむしろチャンスか？　頭の中で練った曖昧な案をどう切り出せばいいものか迷いつつ、隣のハクに訊ねた。

「……なあ、ハク。追放されたとは言うが、あんたの力はいま弱まってるだけで、まったくなくなったわけじゃないんだよな？　どれくらい残ってるんだ？」

ハクは、質問の意図がよくわからないといった表情をして春日を見つめ、しかし問い返すでもなく素直に答えた。

「いくら主でも、そう簡単に私の力すべてを奪うことはできない。とはいえ、残っているのはせいぜい半分ほどか」

「じゃあ、黒江さんは？」

視線を前に向けて今度は黒江に訊くと、五十年前に山を下りた大神様はまず幾度か目を瞬かせ、それから愉快そうに笑って言った。

「ほとんど放棄していた力を必死に呼び起こせば、ハクと同じく僕にもまあ半分くらいは残ってるんじゃないかな。呼び起こせたとしての話だよ。そうか、春日くんは二分の一プラス二分の一イコール一と言いたい？」

「なるほど。つまり春日は、私とクロエが力を持ち寄れば再度あちらの神社を具現化できるのではないかと考えているのか」

ぼんやりとした思いつきをはっきりと声にされて、ハクはともかく黒江には酷な言い分だったかとつい眉をひそめた。黒江はもう長いことひととして生きているのだから、彼の言葉通り必死に呼び起こさなければ力は使えないし、呼び起こせる確証もないだろう。

「クロエはどう思う」

次のセリフに困る春日のかわりにそう問うたハクへ、黒江は穏やかな笑みを浮かべて返した。

「もしハクと僕が力を合わせてあちらの神社を形成できたとして、そのあとどうするんだ？　いまの神には僕らの声なんて届かない。気難しいし、頑固だからね。また鳥に囲まれて逃げ出すはめになるだけだ、ならば僕は無意味なことはしたくない」

「それは、おれがなんとかする」

ハクと黒江のやりとりに、慌てて横から口を挟んだ。ふたりの眼差しが同時にこちらへ向いたので、昨夜電話越しに父親から与えられた助言を思い起こしながら続ける。

「おれをもう一回神様に会わせてくれ。今度は、気難しい神様も聞かざるをえない言葉を使って意思をちゃんと伝えたい。絶対うまくいくなんて言わないが、だからってなにもしないでいるのはそれこそ意味ないぞ。少しでも状況が変わる可能性があることを、とりあえずやってみるしかないんだよ」

一対の大神様に、過去にないほど真剣な目でじっくり見つめられて妙に緊張した。彼らがそろうとこうも威圧感があるものなのかと若干の怯みを覚える。

それでも主張すべきはきちんと声にしたほうがよいだろう。こうしていつまでも無策に三人でぼうっと空を眺めていても事態はなにひとつ好転せず、山は壊され村は荒らされ続けるだけだ。

「なんとかするって、なにをするんだい」

黒江にそう問いかけられたので、短く「おれは神職だ」と答えた。意味は通じなかったろうが決意は伝わったらしく、ハクがそこでようやく彼らしい楽しげな笑みを浮かべて言った。

「我らが社の神主は強いな。承知した。あちらの神社でもう一度おまえを神に会わせよう。そしてその後はおまえに任せよう。クロエはどうだ」

「そうだね、とりあえずやってみようか。春日くんの言う通り、なにもしないでいるのはそれこそ無意味だ」

彼らのセリフにほっとした。と同時にのしかかってくる責任という重圧を、我らが社の神主は強いな、というハクの言葉を頭の中でくり返して受け止める。

そうだ。自分は強いのだ。神とひととをつなぐには、そうであらねばならないのだ。

敬意と誠意をもって神に語りかけてみればいいと父親は言っていた。ならば神の前に立ち、敬意と誠意をもって、その心に届くような祝詞を奏上してみせよう。

いくらか準備も必要なので、計画を実行に移すのは一週間後と決め、春日と黒江は山を下り村へと戻った。まだ時間も早かったため黒江は那須野の手伝いに水田へ向かい、春日はいつも通り夏子とともに食事の準備をする。

夜の二十三時頃か、那須野も夏子も床につき母屋も静かになったあと、黒江に声をかけられた。与えられた部屋で春日がうんうん唸りながら祝詞作文をしていたときだ。

ふたりでこっそり母屋を抜け出した。連れていかれたのは倉の裏の喫煙所ではなく、母屋から離れた納屋兼作業場だった。片側に農機具が納められており、もう片側はがらんと空いている。時期になれば収穫した農作物を積み、みなで作業をする場所であるらしい。

「少し、声を聞かせてくれないか。ハクによると君の声は心地よいそうだから。ここなら母屋までは聞こえないよ」

にっこり笑った黒江が口に出した言葉の意味は、すぐに理解できた。祝詞を唱えろということだろう。少なくとも年に一度は父親の祝詞を聞いていたハクとは違い、かつての大神様はもう五十年ものあいだ、少なくとも神の眷属としては神職の声を耳にしていないのだ。

「僕が大神様だったときからもうずいぶんと時間がたってしまった。力は残っているとはいえ、呼び覚ますのは少々骨だな。でも、神主様の声を聞けば蘇るんじゃないかと思うんだよ。もし君がいやじゃなければだけど」

「いやなものか。おれは神職だ。そして同時にただのおれだ。だから、あんたらの神主であるおれの意思で、役に立つならいつでもいくらでも祝詞を唱える」

「ああ。ハクが君を好きになった理由がわかる気がするなあ」

春日の返答に眩しげに目を細めそう言った黒江は、どこかしら疲れているように見えた。言葉通り、というより言葉以上に、久しく使っていなかった神の使いとしての力を呼び起こすのは大変なのだと思う。

ならばもちろん手助けしたい。片隅に置いてあった箒で軽く周囲を払ってから、山の方角に向かい、異世界の神社で毎日奏上していたのと同じ大祓詞を唱えた。お決まりの祝詞は数あるが、これがもっとも力が強いのだ。

黒江はいかにもリラックスした様子で、裏返した木箱に座り春日の声を聞いていた。常に彼がまとっている穏やかな雰囲気が、徐々に、さらにやわらかく変わっていくのを肌で感じる。

ゆったりとした中にも凛《りん》と冴えた空気を漂わせるハクとは違うタイプの大神様だ。一対の眷属であったのならその性質もまた一対、一方が一方を補完するように彼らは過去山で暮らしていたのかもしれない。

「君の声をはじめて聞いたな。確かに心地よい。力が充ちるようだ、ありがとう」

春日が祝詞を唱え終えたあともしばらくは黙っていた黒江から、優しくそう言われたのでほっとした。いくらかためらったのちに小声で「一週間で力は戻りそうか」と訊ねたら、迷いのない口調でこう返されたのでさらに安堵し、少し笑った。

「戻るよ。というよりは、戻すよ、僕を信用してくれ。ただし君が一週間、毎夜いい声を聞かせてくれればね」

一週間後、六月も末となった日の空は、いまにも雨が降り出しそうに暗く曇っていた。

先日同様一緒に神社境内を掃除するのだと言い訳をして、朝食後、普段よりも重たいリュックサックを背負い春日と黒江のふたりで山を登った。山道ではほとんど会話を交わさなかった。どちらかといえばよく喋る黒江が黙っていたのは、自分のなすべきことで頭がいっぱいだった春日の様子を見て取り、おもんぱかったからだろう。

個々の準備期間ということで一週間訪れていなかった神社は、ひっそりと静まりかえり、なんとなくさみしさを感じた。いつも通り階段に腰かけていたハクもまた同じように見えたのは、野ウサギと戯れていないせいか。あるいは毎日来ていた春日としばらく顔を合わせられなかったため、事実彼はさみしかったのかもしれない。

「あいにくの曇り空だ。神はなにかを察しているのか」

ハクは、鳥居をくぐり境内へと足を踏み入れたふたりを眺め、挨拶は省いて声をかけた。

「だが、空模様がどうであれ私に問題はない。おまえたちは大丈夫なのか？」

「おれは大丈夫だ」

「僕も、大丈夫だよ」

投げかけられた問いに春日と黒江がほぼ同時に答えると、ハクは満足そうに笑って「頼もしいことだ」と言った。余裕たっぷりといった彼らしい表情に、密かに胸を撫で下ろす。

ハクに断って拝殿に上がり神職の装束に着替えた。とはいえ白衣に袴、狩衣くらいの簡単なものだ。それ以上にかしこまった着衣は必要にもならなかろうと、都会から持ってこなかったのだ。

正装とはいわずとも礼装くらいは持参すればよかったかと若干の後悔はしたが、ここの神様とその眷属ならいまさら気にもしないだろうと捨て置くことにした。これは彼らに対する礼儀というより自分なりの精神的な武装みたいなものであり、他の意味はない。

「なるほど。そうしているとまるで本物の神職のようだな、春日」

ハクに軽くからかわれ、「おれは一応もとから本物の神職だっての」とこちらも軽く返しておいた。普段と変わらない彼の態度に、肩からすっと無駄な力が抜けていく。彼はきっとそんなふうに接することで、緊張しなくていいと春日に示しているのだと思う。

春日の用意が整うのを待ち、それまでふたり並んで階段に座っていたハクと黒江が立ちあがった。無言で目を合わせるふたりの姿は、以心伝心といえばいいのか、言葉を発さなくともきっちりと意思が通じあっているように見えた。彼らは確かにかつて一対の大神様だったのだなと納得する。

互いに小さく頷く、ハクと黒江の合図はそれくらいの簡単なものだった。春日が階段を下りたちょうどそのときに、境内にざっと濃い霧が立ちこめた。

ハクがもたらす真っ白な霧、だけではなかった。どこからともなく現れた真っ黒な影がその霧に交じりあい、あっというまに視界が塞がれる。

この影が黒江の呼び起こした力であるのか、と考えられたのはほんの一瞬だった。すぐに、過去に知らないほどの不穏な気配が四方から押し寄せてくるのを感じて、ぞくりと鳥肌が立つ。

境内を充たしていた霧と影は、しばらくののちにゆっくりと去っていった。そのかわりにじわじわとあらわになっていく光景を目にし、春日は思わず息をのんだ。

現実世界にある古びた『あるがままの神社』ではない。ハクと黒江は力を合わせ、確実に、異世界の神社を形成したのだ。しかしその社は、いままで幾度となく訪れていた『あるべき神社』とは様相を異にしていた。

鳥居や狛犬の姿は変わらない。しかし前回、前々回よりはるかに多い数の烏が頭上を飛び交い、境内の空気を禍々《まがまが》しく掻き乱していた。常に清浄なあの神社とはまったく違う場所に感じられる。

なにより普段と異なっているのは、階段だった。迷路のように曲がりくねりながら、異様なほどに長く空へと向かい伸びている。階段には暗い雲がかかっていて、拝殿の扉へと通じているはずの先がどこまで続いているのか目視することもかなわなかった。

初夏とは思えないほどに空気が冷えている。まるで冬のように、寒い。

「神の心情は、いまこうも複雑か」

静かな声が聞こえてきたのではっと振り返ると、すぐ後ろに立っていたハクが異様な階段を眺めていた。等しく黒江も悩ましげな顔をして階段を見つめている。

「僕らが具現化するのは、主の見ている神社だ。つまり現在の神はこんな社を心に描いているということになるね。彼の心は乱れている」

黒江のセリフに頷いて同意を示し、階段へ目を向けたまま「ならば幾ばくかの隙もあろうよ」とハクが言った。隙。要するに彼は神の心について、頑なに凝り固まっているより複雑に乱れていたほうが、他者の意思が刺さるだけの緩みもあるだろうと告げているのだ。

「じゃあ春日くんが神に会いに行くあいだ、僕はここで烏たちと遊んでいよう。そこそこ抑えられる自信はあるけど、これだけいるとさすがに全部は無理だな。ハクは春日くんについていって、僕らの神主様を守れ」

「ではそうしよう。なぶり殺されないようにせいぜい頑張って遊べよ、クロエ」

ハクと黒江は特に気負う様子もなくそれだけの言葉を交わし、先日と同様に真っ白な光と真っ黒な闇を呼んだ。不可思議な感覚と眩しさに咄嗟に目を閉じ、少し待ってから瞼を上げると、逞しい四肢をつき立っている白と黒の狼が目に映った。

彼らは一対の大神様なのだ、これがまさに彼らのあるべき姿なのだ。いまこそ動こうという決意を秘めた、勇猛かつ美しい二匹の狼を前にして湧きあがってくる敬虔の念に、改めてそんなことを思い知らされた。

頭上を飛び交っていた烏が一斉に襲いかかってきたのは、追放された神の眷属が狼へと姿を変えた、次の瞬間だった。

これだけの数がいるというのに、烏はいっさい鳴き声を発しなかった。そういえばいつでも彼らはそうだった。烏の群を操る神が不要と判断し声を与えなかったからなのだろうが、それがかえって気味悪く感じられる。

黒い羽根が舞い散る中、翼の音だけがうるさい。そしてまた、容赦なく狩衣を掠めていく鋭い嘴や爪が、正直恐ろしかった。いつか山の深くで囲まれたときとは違い、彼らはいま威嚇の意味ではなく攻撃の意図をもって三人を狙っている。

恐怖に身をすくめていると、ハクに狩衣を軽く嚙まれ、引っぱられた。ここは黒江に任せて早く行こう、という意味だと思う。

幾度か頷き烏の群からなんとか抜け出した。黒江のことは気にかかったがここで三人が固まっていてもしかたがない。黒江が先ほど言ったように、自分は神に会いに行かなければならないのだ。そのためにふたりの犬神様は異世界の神社を形成し、神職である自分は祝詞を考えた。三人が各々の役割を果たさなければ計画は成功しない。

先に立つハクにならい、どこまで続いているのかも知れない階段を駆けあがった。装束で走ったことなんてないから慣れず時々つまずきそうになる。それでもとにかく上へ、上へと足を運んだ。

しつこく飛び込んでくる烏を掻き分け春日のために道を開くハクの姿を見て、胸のあたりが苦しくなった。狼は被毛に覆われた身体を裂かれ血を滲ませようとも、立ち止まりはしなかった。ただ一心に春日を守り、神のもとへと連れていく。

いまこの神社の大神様は、自らがどれだけ傷つこうと構いもせず、春日を導いている。ハクも、黒江も、春日を信じ春日にすべてを託している。

神に思いを届ける切り札を握っているのは、自分なのだ。ならば、彼らが血を流してまで作った道を決して無駄にしてはならない。真っ白な被毛を赤く染めるハクの姿を目にしているうちに、いつからか心に根づいていた神職としての使命感が、胸の奥でより強いものへと変化するのがわかった。

彼らのために、そしてまた動物とひとのために、ひいては神のために山と村をつなぐ。必ずこの意思を神に知らしめる。

暗い雲の向こうに拝殿の扉が見えてきたのは、ハクとともに階段を走りはじめてからどれほどたったころだろう。いつでも清浄な雰囲気をまとっていたのに、今日の拝殿からはどんよりとした不気味な空気が滲み出ている。

ずっと走り続けていたせいではあはあと呼吸が乱れていた。とはいえ整えている余裕もなく最後まで階段を駆けあがり、息を弾ませたまま扉に近づく。

そこで、どこに潜んでいたのか、階段の下で襲ってきたときよりも多数の烏が飛びかかってきた。

二十羽、三十羽、数なんてわからないほどの烏に囲まれ、舞い散る羽根に視界を塞がれる。

両手で羽根を払い、烏の隙間からなんとかハクを見た。身体を切り裂かれながらも彼はまるで痛みなど感じていないような、美しく澄んだ赤い瞳を春日に向けていた。

視線の動きでハクに、行け、と示されたので、ひとつ頷き扉に手をかけた。左右に開き拝殿へ足を踏み入れ、中を見回す間もなく急ぎもと通り扉を閉める。いつかのようにこんなところにまで烏が飛び込んできたらたまらない。

それから改めて振り返り、祭壇と向かいあった。前回、前々回と同様に、そこにはきっちりとした和装の少年が厳しい顔をして立っていた。神だ。

彼はなにをも言わず春日を見ていた。だから春日も彼の目を真っ直ぐに見つめ返した。精神的な武装の意味でまとった狩衣はぼろぼろで、とても神と対峙できるありさまではなかったが、この際構うまい。精神的武装、決意を曲げぬ強さというのなら、被毛を血に染める二匹の狼の姿からこの胸に授かったと思う。

「……争いたいわけじゃないんだ。おれは、あんたと話をしたい。そのために来た」

神が黙ったままでいるので、ぜいぜいと息を乱したまま声を絞り出した。とりあえずはこの場を訪れた理由を告げなければと焦っていたため、これもまた神に語りかける口調ではないな、と自覚したのは口に出してからだった。とはいえ先日だって似たようなものだったから、いまさらかしこまっても意味はないだろう。

春日のセリフを聞いてもまだしばらくのあいだ無言でいた神が、ようやく発したのはこんな言葉だった。

「私とおまえが話をしてなにになる？　おまえが人間である限り我々は決してわかりあえない。おまえに加担する我が使いともわかりあえない。私は、わかるべく努めない」

「いまこの神社、ぐちゃぐちゃだ。あんたの心もそれだけぐちゃぐちゃなんだろ？　大事な眷属を切り捨てて、あんた本当はさみしいんだ。理解できないのかもしれないけどな。それから、簡単には辿りつけないよう階段を伸ばして、鳥に見張りさせないとならないくらいに、おれたちを怖がってる」

ようやくなんとか呼吸を落ち着けて春日が言うと、神は露骨に眉をひそめた。怒った、というよりも、春日が述べた通りおのれに対して投げかけられた言い分のいくつかが理解できず、彼はそれが不愉快だったのだろう。

ならば今度こそ、彼にもはっきりと通じる言葉で語りかければいいのだ。

「別に笑って頷けとまでは言わない。ただ、おれの声を聞け」

そう前置きをしてから、姿勢を正し立ったまま祓詞《はらえことば》を唱えた。通常祭儀に先立ち最初に奏上される祝詞だ。

――掛《か》けまくも畏《かしこ》き伊邪那岐大神《いざなぎのおおかみ》、筑紫《つくし》の日向《ひむか》の橘《たちばな》の小戸《おど》の阿波岐原《あわぎはら》に禊《みそ》ぎ祓《はら》へ給《たま》ひし時《とき》に。

拝殿は閉めきっているはずなのに、どこからともなく風が吹いてきて狩衣を揺らした。隙間風だ。それこそがいまの神の心情を表すものなのだと思った。

彼の心には隙間があり、そこから風が忍び込んでいる。その風とは、祝詞を唱える自分の声だ。

――生《な》り坐《ま》せる祓戸《はらえど》の大神等《おおかみたち》、諸々《もろもろ》の禍事《まがこと》、罪《つみ》、穢有《けがれあ》らむをば祓《はら》へ給《たま》ひ清《きよ》め給《たま》へと白《まお》すことを聞《き》こし召《め》せと恐《かしこ》み恐《かしこ》みも白《まお》す。

祓詞を最後までよんでから、改めてじっと神の目を見つめた。彼の表情は相変わらず厳しいものではあったが、春日の祝詞に対する嫌悪は浮かんでいなかった。

では、ここからが本番だ。一週間、朝も昼も、また黒江に声を聞かせたあと夜中にも毎日毎日必死に考えた、この山そのものである神へと語りかける祝詞を、彼と真っ直ぐに目を合わせたまま口に出す。

春日がひとりで作った祝詞であるから当然他に知るものはいないし、またこれまで誰かに聞かせたこともない。ただ目の前にいる神のために、いまこのときだけに唱える特別な詞だ。

敬意をもって、誠意をもって、父親は電話越しにそのようなことを言った。

神は黙って、瞬きすらせず春日の唱える祝詞を聞いていた。あんた本当はさみしいんだ、怖がっている、そう春日が言ったときにはくっきりと眉をひそめた彼は、いま、まったくの無表情だった。とはいえなにも感じていないという様子ではない。

少しのずれもなく交わる彼の視線は、いつどの瞬間よりも真摯な色を帯びていた。だから、快いのか不快なのかはともかくとして、少なくとも自分の伝えようとしている思いは彼にちゃんと通じているのだとわかった。

春日が祝詞に織り込み神に訴えたのは、必ず山と村とを、つまりは神とひととをつないでやるという決意そのものだった。

両者がともにあれるよう誠心誠意努めよう。口先だけではない、嘘くさい綺麗事を述べているわけでもない。現在山が、すなわち神が崩され壊れはじめているのなら、この手で止める。

なるようになるなんてうそぶき無力をごまかして、終わりへと向かっていく山の姿をただ眺めてなんていたくない。

だから神よ、あなたはそこで見守っていてください。

長い祝詞を唱え終えたあとも、身動きひとつせず神を見つめていた。神もまた真っ直ぐに立ったまま、春日を見つめ返している。

そうしてしばらくの沈黙が流れたあと、神はふいと春日に背を向け祭壇と向かいあった。

「春日といったか。おまえの声は、心地よい」

神が発した不意の言葉に、正直、おかしな声が出そうになるほど驚いた。心地よい。ハクに、また黒江にそんなふうに言われたことは幾度かあったが、その主まで同じ言葉を口に出すなんて想定していなかった。

「おまえは身の程知らずだ。神主とはいえ所詮はただのひとりの人間、そんなものになにができるというのだろう」

春日に背を向けたまま神は続けた。口調は先ほどまでとほとんど変わらなかったが、春日の勘違いでないのなら、僅かばかりは穏やかだった。優しいだとか親しげだとか、そういう生ぬるいものではない。ただ、彼の心の乱れが少しは落ち着いたのではないかと思わせる声だ。

「しかし、おまえの意思は理解した。そこまで言うのであれば、いくらかの時間はくれてやる。ふたりの我が眷属とともに現状を変えてみせろ。だが、なしえぬときには今度こそ、容赦はしない」

「おれは、あんたを、それから」

ハクと黒江をこの手でひとつなぎ、救いたい。そう言いかけたら神からぴしゃりと「蛇足はいらぬ」と言葉を封じられた。そして次の瞬間には、先日にもこの拝殿で味わった、なんともいえない不可思議な感覚に襲われていた。こちらの『あるべき神社』が力尽くで掻き消されるときの、あの感じだ。

目に映る光景が、パズルピースがはがれるがごとく粉々になっていく。足もとが不安定になり、天も地もない空間に放り出されたかのように身体が大きくふらつく。

あのときよりも強い目眩に吐き気がこみあげてきて、思わずぎゅっと瞼を閉じた。両手で自らの身体を強く抱き、息を詰めて嘔吐《おうと》感が去るまでじっと耐える。

しばらくののちに、ふっと周囲の空気が変わるのがわかった。まわりに充ちていた緊迫感が消え、そっと息を吸い、吐いても、もう気持ちの悪さは感じない。

おそるおそる目を開けると、古びた神社の拝殿にひとりで立っていた。名残しかない祭壇の前に神の姿はない。

階段は長く曲がりくねり烏が空を覆う異世界の神社から、現実世界に無事戻ってきたのだ。そう思った途端に全身から力が抜け、畳の上にへなへなと座り込んでいた。唇から大きな、安堵の溜息が洩れていく。

おまえの意思は理解した、いくらかの時間はくれてやると神は言った。

ふたりの我が眷属と、とも口に出した。つまり彼は春日を、またハクと黒江をもう突き放しはしないと告げたのだ。

おまえの声は心地よい、か。

力の入らない両手で顔を覆い、再度の吐息を零した。神は自分の思いを受け止め、受け入れてくれたのだ。数式で示すこともできない神社神道なんて肌に合わない。マニアックな知識と技術があるだけで、神職が存在する意味なんかわかりやしない。つい数か月前まではそう考えていたのに、いまは神に語りかける言葉を知っていてよかったと心底思った。

この国には神様がいる。神様とひとをつなぐべきものもいる。だから、異世界の神社で祝詞に込め神に語りかけた決意に従い、自分は村の、そして山の神主様として一歩一歩着実に行動しよう。

それからはっと我に返り、春日は慌てて立ちあがった。自分を神のもとへと導いてくれたハクと黒江はどうなったのかと、慌てて拝殿の扉を開ける。

いつのまにか晴れ渡っていた真昼の空の下、ふたりは鳥居の前で向かいあい、なにかしら話をしていた。彼らが倒れてもしゃがみ込んでもおらず、普段と変わらないような顔で立っていることにまずほっとする。

先日同様着衣に乱れはないが、ハクも黒江も、頬や手に生々しい傷を負っていた。あれだけたくさんの鳥に襲われたのだから、服の下は当然もっとひどいありさまであるに違いない。

急ぎふたりのもとに駆け寄って、なにを告げる前に腕を掴み拝殿へと引っぱり込むと、いつも通りの穏やかさで黒江が言った。

「どうやら春日くんはうまくやったらしい。あちらの神社が消える直前に、鳥は飛び去り空気が清らかになった。僕が知ってる五十年前と同じ空気だったよ、懐かしいな」

「懐かしい？　なに暢気なこと言ってんだ。手当てするから服を脱げ。おい、ハクもだよ」

放ってあったリュックサックに手を突っ込み、夏子に借りてきた薬やらガーゼやらを摑み出しつつ指示すると、ハクは涼しい声で答えた。

「私よりクロエのほうが怪我も多いだろう。五十年ものあいだ狼の姿になっていなかったものでは勘も鈍る。春日、私に構わず彼を見てやってくれ」

彼は彼なりに黒江を心配しているのだな、ということは理解できたので、意見は交えず「わかった」と返事をした。

大丈夫だよ、平気だよと言い笑って逃げようとする黒江から、いつかと同じようにシャツを引きはがした。予想以上に傷だらけの肌に息をのみ、それを隠して丁寧に薬を塗る。前回は威嚇、今回は攻撃だったというのを改めて思い知らされる怪我だった。

黒江はこんな傷を負いながらも、春日とハクを神のもとへと送り出した。おれがなんとかする、と言ったのは自分だ。そして彼らはそれを信じてくれたのだ。このふたりの大神様のためにも、おのが役割をとりあえずは果たすことができてよかったと、再度安堵を嚙みしめた。

血は止まっていたが、それでも不安を覚える深い傷にはガーゼを貼ってから、きちんとシャツを直してやった。途中で抵抗を諦め大人しく身を任せていた黒江は、春日が「もういいぞ」と言うとくすぐったそうに笑って礼を告げた。

「ありがとう。春日くんは本当に優しいね、ハクがいなければ僕は二度目の恋に落ちていたに違いない。じゃあ先に村へ戻ってるよ、君は大事な伴侶の怪我を見てやってくれ」

「ひとりで帰れるのか？　ハクを手当てするあいだちょっと待っててくれれば、おれも一緒に」

「これくらいならそんなに痛くないし、そっちの大神様が早く春日くんとふたりきりになりたいって顔してるから、僕はさっさと退散しよう。ハクをよろしく」

ひらひらと片手を振って黒江は言葉通りさっさと去っていった。どう考えてもそんなに痛くないと言えるほど軽い傷ではないのに、ずいぶん平然としているものだなと、彼の手によりきっちり閉められた拝殿の扉を呆れ半分感心半分で眺めてしまう。

それからはっと振り返ったら、名残しかない祭壇の横で仏頂面をしているハクの姿が目に入った。

早くふたりきりになりたいと訴える顔にも見えないが、自分が黒江の手当てをしているあいだハクは密かに仲間を睨んでもいたのか。まさか彼に限ってそんなこともしないだろうから、黒江は単に気をきかせただけだと思う。

「……こっち来いよ、ハク。手当てしてやるから」

ふたりきり、か。いつだってふたりきりでいたのに、黒江が残したセリフのせいで妙に意識してしまい、ハクを呼ぶ声がおかしな抑揚になった。ハクも似た心境だったのか微かに困ったような表情をして、それでも言われるがままに春日に歩み寄った。

「ハク。とりあえず、脱げ。ふたりきりなんだからいまさら恥ずかしくないだろ」

口に出してから、なんだか別の意味合いにも聞こえるなと自覚したところでもう遅い。つい眉をひそめると、その春日が面白かったのかハクは少し笑って言った。

「手当てをしなければならないほどひどい怪我はしていない。そもそも我々は普段、傷を負ったところで薬も塗らない。人間でもただの動物でもないのでね、放っておけばすぐに治る。そうしたいきものなんだ」

「だから放っておけってのか？　おれはあいにくとそんな冷血じゃないんだよ。すぐ治るにしろいまは怪我してるんだろ、いいから脱げって」

この山の大神様はふたりそろって他人に気づかわれるのが苦手なのか、遠慮深いのか？　どちらにせよ説得するのも面倒だと、自ら傷を見せる気はないらしいハクから、半ば無理やり狩衣と袴を取りあげる。

はだけた白衣一枚になったハクの姿を見て、ぞくっと背筋が冷えた。先ほど彼は、私よりクロエのほうが怪我も多いなんて言ったが、ハクの肌にはむしろ黒江よりもたくさんの傷が刻まれていた。

この男はこんなに傷だらけになりながらも、神職である自分に切り札を使わせるために、神のもとへと連れていったのだ。真っ白な被毛を血で濡らし、あのときのハクは自分をただ信頼してくれていたのだと思う。はじめて出会った日に敬虔とはいえないなんて白状した不良神主が、いまなにを願い、どんな決意をしているのか彼は正しく理解しているのだろう。

そしてまた神も理解してくれたのだ。

「我らが主は、おまえになにを言った？」

神の姿を思い浮かべる春日の心中を察したのか、ハクはそこで静かに問うた。ひとつ深呼吸をしてから、彼同様努めて冷静に返事をする。

「……いくらかの時間はくれてやるから、ふたりの眷属とともに現状を変えてみせろってさ。ここの神様、確かに気難しいし頑固なところもあるが、ちゃんと話せば案外素直に聞くじゃないか？　ちょっとあんたに似てるよな」

「なるほど。私にもクロエにも力が戻っているのは、神が春日のみならず我々をも受け入れたからなのか。主を説き伏せるとは、おまえは強いな」

「……おれの声は心地いいって、言ってた。嬉しかったよ。そういや最初にそう言ってくれたの、あんただったか」

最後にぼそぼそとつけ足すと、なにを感じたのかそこでハクにいきなり抱きしめられたので、つい息を詰めた。セックスならば何度もした、とはいえ、こんなにも力強い抱擁を与えられたことは過去に一度もなかったように思う。

ふっと淡く血のにおいを感じて身体が強張った。同時になんだか泣きたくなった。傷を負ってでも自分を導いてくれた男の信頼に、きちんと応えられたのであれば、当然嬉しい。

おまえは強いとハクが言うのならそれは、異世界の神社へ誘い、祝詞を聞いては快いとくり返して、自分に神職のなんたるかを教えてくれた彼のおかげだと思う。

「おまえの声が聞けなくなってしまったらどうしようかと思った」

耳もとにどこか苦しげに告げられて、ぎゅっと目を閉じた。これもまたいままで耳にしたことのない声だった。

「おまえの身になにかあったら、どうしようかと思った。いまおまえを失えば、私は生きていられない。おまえを失いたくない、おまえのいない世界などいらない。私は弱くなったのか」

「違うぞ。誰かを失いたくないって思うのは弱さじゃないんだよ、失わないために数式じゃ示せない力が出せるんだよ。おれとあんたは一プラス一イコール二以上の力を知っただろ？　愛ってのはそういうもんなの」

ハクの胸にそっと両手をついて僅かばかり身を離し、じっと目を覗き込んで囁いた。ハクはしばらく切なげに春日を見つめてから、絞り出すように低く「愛している」と告げた。

胸のあたりが痛いくらいに熱くなって、ほとんど無意識に、は、と吐息を洩らした。最初にこの男に愛だとか恋だとかを教えたのは自分だった。自分とハクは互いに知らなかったことを相手から学んでいるのだと思う。

一瞬ためらいはしたが、衝動には抗えず彼の唇に唇を押しつけた。この男にとってはくちづけはまだ早いかと、身体を重ねはしてもいままで唇に触れるのは避けてきた。しかしいまここで、彼とキスをしたいという欲望を殺すのなんて無理だ。

はじめての行為にハクは目を見開いた。おのれがなにをされているのだかわからず驚いたらしい。それでも、春日が丁寧に彼の唇を舐め、試すように舌先を差し入れたら、赤い瞳にぎらりとした光を宿した。

「ん……っ、は」

こうしろああしろと指示する前に舌を強く吸いあげられ、遠慮なく噛みつかれて喉の奥で呻いた。手順も知らず、ただ欲しいという本能のままに春日を貪っているのだろう男のキスは、荒っぽくて稚拙だった。なのに、だからこそなのか、身体の奥に火が灯り次第に大きくなっていく。

食われそうだ。技巧もなにもない一途《いちず》なくちづけに、この男はいま自分のことをこれほどに強く、こうもひたむきに求めているのだと思い知らされるようだった。

「はぁっ、んぅ、あ……っ」

春日にならうようにぬるりと挿し込まれた舌に、口の中を舐め回されて息が上がった。ハクの舌先が口蓋だとか歯の裏側だとか、敏感な部分を掠めるたびにびくっと身体が震える。

唾液を啜《すす》りあう長いキスがようやく解かれたころには、完全に肌が目覚めていた。それを察したのか、単にハク自身が高ぶっていたのか、呼吸を整える間さえも与えられず畳の上へ押し倒される。

「ハク……ッ。待て。ちょっと、待て……」

自らの白衣を脱ぎ捨てたハクに、すでにぼろぼろだった狩衣を引きはがされながらもなんとか訴えたら、「本当に待ってほしいのか？」とやや急いた口調で問われた。なので、抵抗は諦め両手を畳に落とした。まだ薬も塗っていない彼の傷を手当てしたかったのは事実だが、このまま食われてしまいたいという欲望が芽生えているのもまた事実だ。

あっというまに白衣まで奪われ、逸る手や唇を素肌に這わされた。最初はなにも知らなかった男は、飽きずくり返すうちにすっかり春日とのセックスに慣れたらしく、いつからか完全に行為の主導権を奪うようになっていた。

全身を大きなてのひらで撫でられ、唾液を乗せた舌で舐められてじわりと汗が滲んでくる。気持ちがいい。感じる快楽は危機にさらされた直後のせいなのか、普段よりはるかに強く、濃く、すぐさま身体に火が回った。

「あっ、や、めろ。駄目、だ、離せ……っ」

乳首を弄《いじ》っていた手で性器に触れられ咄嗟に声を上げると、ハクはうっとりとした笑みを見せた。

「もう硬くなっている。春日。興奮しているんだな」

いやに嬉しげな声を吹き込まれて、そのままゆるゆると擦られた。そんな単純な愛撫だけでも、ハクの言葉通り反応を示しはじめていた性器が、もはや快感を逃がせないほどはっきりと勃起する。

「あぁ、ハク……、それ、されると……っ、ひとり、で、いっちまう、から」

こみあげてくる熱に声をうわずらせながら、ろくに力の入らない腕を上げてハクの手首を摑んだ。

彼はそれに構わず完全に高ぶっている性器をしばらく扱き、絶頂の予感に春日がぎゅっと目を瞑ったところで手を離した。

このままあっさり射精させられるのだと思っていたから驚いた。はあはあと息を乱しつつ閉じていた瞼をそっと上げると、まず欲情したオスの目をしているハクの美貌が視界に入り、次に仰向《あおむ》けに組み敷かれていた身体をうつ伏せにひっくり返された。

「え……。おい、なに、を」

両手で腰を上げさせられて、思わず間の抜けた声が洩れる。もう何度も交わりはしたが、ハクとはこんな体位でつながったことはないのでますますびっくりした。

すべてを彼の目の前にさらけ出す体勢に、いまさらながらの羞恥を覚えた。これでは興奮しきっている性器も彼が欲しくてひくついている場所も、なにも隠せない。まるで発情期の動物みたいだ、そう考えると、どうしようもなく頬が火照った。

「熱い。ついいましがたまで狼の姿でいたせいか、獣の血が騒ぎ、いっこうに鎮《しず》まらない。こちらの世界ではほとんどひとの形をしているとはいえ、あの姿もまた本来の私だ」

背後に聞こえたハクの声に、腰を摑まれていた身体がびくりと強張った。つまり彼は、この、まるで発情期の動物みたいな格好で、狼として自分と番いたいと仄めかしているのか。でなければ、行為の最中に意味もなくそんなセリフを口に出しはしないと思う。

なにを言えばいいのかわからず固まっていると、熱を孕《はら》む声で問いかけられた。

「春日。おまえは、ひとでありまた狼でもある私の、本来の姿を受け入れてくれるか」

そうストレートに訊ねられてしまえば返事をしないわけにもいかない。さすがに少し迷ってから、畳を睨み掠れた声で答えた。

「……当たり前、だろ。どっちのあんたも、好きだよ。伴侶だ、ぞ」

「愛おしい」

ひと言囁かれた次の瞬間に、拝殿にはよく知る光が充ちていた。眩しさにしばらくぎゅっと目を閉じ、白光が収まってから瞼を上げおそるおそる首だけ振り向けて背後を見ると、そこには真っ白な狼がいた。

まだ被毛のところどころに血がこびりついている姿に、思わずごくりと喉を鳴らす。この男は血を流したからこそより強く本能的な劣情を覚えているのかもしれない。ならば、その血に助けられた自分が彼を受け入れるべきだろう。

「あ……！　ハク、や、めろ……っ」

しかし、狼の姿となったハクにいきなり尻をぬるりと舐められて、つい制止の声を上げた。いままでそんなふうにされたことはないし、させようとしたこともない。普段のようには指を使えないからなのだろうが、いくらなんでも無茶にすぎる行為だと思う。

「じ、ぶんで……。自分で、広げる、から……っ。それ、は、よせ。あぁ、もう……！」

春日が必死に訴えても、ハクは聞こうとはしなかった。あたたかく濡れた舌で丹念に愛撫され、知らない快感がこみあげてきて拒否感を押し流す。途中で背後に視線を向けている余裕もなくなり、畳へ肘をついた両腕に額や頬を押しつけ喘ぐことしかできなくなった。

ハクを欲して疼いている場所をぬるぬると探られているうちに、彼とのセックスにすっかり慣れた身体が開いていくのが自分でもわかった。それを見計らっていたように長い舌を中まで挿し込まれ、全身に鳥肌が立つ。

「うぁ、あ、中……っ、ハク、中、は、駄目だ……！」

内側をぬめる舌で舐められる感覚は、かつて経験のないものだった。畳に膝をついた脚がかたかたと震えてくるくらいの快楽が湧きあがる。なにより、そんなところに舌を入れられているのだと思うと、羞恥や戸惑いを超えた、異様なほどの興奮が迫《せ》りあがってきた。

ハクの赤い瞳が、はしたなく広がる身体を見ている。長い舌で粘膜まで味わっている。

「はぁ……っ、あ……っ、も、無理……っ」

流し込まれる唾液があふれ内腿を伝っていく感触に、勝手に熱い吐息が洩れた。なんだかとてつもなくいやらしいことをされている気がする。大胆に舌を使われ身体の中に充ちていくよろこびは抗いがたく、やめろとも駄目だとももう言えなくなった。

これはハクのもたらす快感だ。こんなふうに蕩かされた場所を貫かれたら、どんな愉悦を得られるのか。

長い時間をかけて春日をまさぐってから、ハクはようやく舌を離した。それにほっと力を抜く前に、今度は重い身体が背にのしかかってきた。触れる被毛のやわらかさと肌を爪で引っ掻かれる小さな痛みに、そうだ、いま自分に覆いかぶさっているのは狼なのだと改めて実感し、思わず息を詰める。

不意に春日の胸に湧いた怯みをハクは察してはいただろう。しかし躊躇は見せなかった。硬く勃起した性器を押し当て、春日がいいだとかいやだとか告げるより早く、根元まで一気に突き入れてくる。

「ああ！　あッ、あ、や……ッ、あッ！」

唇から散る悲鳴を抑えることはできなかった。ハクとは幾度も交わってきたとはいえ狼の性器なんて受け入れた経験はない。知らない形、はじめてのみ込む太さに、見開いた目の前がちかちかと明滅した。

春日がなじむのを待たずハクはすぐに腰を使いはじめた。春日までもが動物になってしまったかのように、は、は、と荒く息を弾ませながら、なんとか彼の動きを受け止めようとする。しかし、中を穿つ性器が次第に膨らんでくる感覚には耐えきれず、震える声を洩らしながら無意識に狼から逃げようと畳を引っ掻いた。

「ひ、あぁッ、なにこ、れ……っ。大き、く、なるっ。いや、だ……、ハク、いやだ……！」

普段であれば春日が抗えば身を引いたろうが、今日のハクにはそうするつもりはないようだった。むしろより強く春日の身体を押さえつけ、容赦なく律動を早める。

ハクが動くたびに、先刻たっぷりと含まされた唾液が掻き回される、ぐちゅ、ずちゅ、という音が聞こえてきた。それに狼の荒々しい息づかいが交じり、あまりの卑猥《ひわい》さに目が回る。ぎっちりと結合した身体のみならず、まるで耳からも犯されているようだ。まともには働かない頭でそんなことを思った。

いま自分は獣の姿をした大神様と番っている。

長い時間をかけて激しく中を擦られているうちに、慣れない形、大きさと、狼にのしかかられているのだという異常な状況に覚えていた怖じ気を上回る、はっきりとした快楽が生まれるのを感じた。気持ちがいい。それを意識した途端に、身体の隅々までが火花でも散るがごとく一瞬で燃えあがるのがわかった。

どんな姿であれ、ハクに貫かれれば自分はこんなふうに、たまらなく気持ちがよくなる。その自覚と同時にこみあげてきた絶頂の予感を、どうやってもやりすごせない。

「あ……ッ！　だ、めだ、いく……っ。も、や……、あ、あ、いっちま、う、これ……！」

嬌声の合間になんとか言葉にすると、いけ、と示すように重く揺さぶられた。ハクとのセックスではじめて知った奥をこじ開けられ、突きあげられて頭の中が真っ白になる。そんなふうにされたら耐えられるはずもない。

「はぁっ、あ、無理……、いく。あ……ッ、あ」

掠れた声を上げて、愉悦の波に身を任せる、というよりは連れ去られるように達した。過去に経験のないほどの衝撃でまともに息もできなくなる。

締めあげる内側が快かったのか、ますます荒っぽく腰を使ったあと、遅れてハクもまた中に射精した。深いところへ注ぎ込まれる感覚に、ほとんど無意識のうちに陶酔の吐息が洩れる。

この男は自分と同じくらいに気持ちがいいだろうか。等しい恍惚を味わっているか。

背にのしかかられたまましばらくは待ったが、ハクはなかなかどいてはくれなかった。去らない悦楽にさすがに苦しさを覚えて身を引こうとしても、中で太く膨らんでいる性器ががっちりと食い込み、まったく抜ける様子がない。

それどころか彼の性器は、いつまでたっても射精を止めず春日の中に体液を流し込んでいた。狼なのだからこういうものか、と頭では理解できても身体は追いつかない。

「ハク……っ。やめ、ろ……、あ、駄目だ。腹の中、いっぱい、に、なるから……ッ」

どくどくと絶え間なく注ぎ込まれ、興奮の鎮まらない身体を震わせながら危なっかしく訴えた。しかしハクは離すまいとするかのように、春日の背をさらにがっしりと押さえ込んだ。当然性器も深く突き刺さったままだ。

こんな状態では快楽から逃げることもかなわない。ついいままでとは異なり優しく腰を使われて、極めたばかりの身体が何度も、射精すらできない絶頂にのみ込まれた。

「あぁッ、は……ッ、いって、る。おれ、いってる、から、動く、な……っ」

戦慄く唇で乞うてもハクは聞き入れず、春日を揺さぶり続けた。途切れのない恍惚に意識が霞み、途中からは意味もなさない喘ぎを零すことしかできなくなっていた。

もうなにも考えられない。内側をたっぷり充たされ幾度となく達して、このままどろどろに蕩けてしまいそうだ。

ハクが性器を抜くまでにかかった時間がどれほどだったのかはわからなかった。それほどに彼はずっと春日の中にいた。ずっぷりと埋め込まれていた異物感から解放され、背から重みが消えて、ようやくぐったりと脱力する。

しばらくははあはあと荒い呼吸をくり返し、肌の内側に渦巻いている愉悦をいくらかは逃がしてから、のろのろと仰向けに体勢を戻した。力の入らない両手を伸ばして、血のこびりついている狼の身体になんとかしがみつき、もうすっかり嗄《か》れてしまった声で囁きかける。

「好きだよ。好きだ、ハク。愛おしい」

先にハクから吹き込まれた、愛おしいというひと言をそのまま返して、やわらかな被毛に顔を埋める。思いきり息を吸い込むと、微かな血のにおいとよく知っているハクの香りがした。愛おしい、愛おしい、頭の中が口に出した通りのそんな単純であたたかな気持ちでいっぱいになる。

ハクは少しのあいだ春日のしたいようにさせていたが、それから光を放ち人間の姿に戻った。ぎゅっと抱きしめ返されてくらくらする。彼の腕の力強さは、どんな言葉よりも雄弁だった。

愛している。充ちている。しあわせだ。

「春日。次はひとである私のことも受け入れてくれるか」

長い抱擁を解いたあと、じっと目を見つめられてそう問われた。狼の性器で貫かれ、たっぷり注がれた精液のせいでぐちゃぐちゃになっている場所へ指を挿し入れられて、少しは鎮まっていた欲情がぱっと蘇る。

「あ……っ、おれ、の、中、もう、のみ込め、ない……っ。あんたが、出した、ので、いっぱい、なんだ……」

遠慮のない動きで掻き回され、再び湧きあがる快感に喘ぎつつ訴えると、ハクは小さく笑った。熱っぽい、というよりはどこか獰猛《どうもう》な色を瞳に宿して、先と似たような言葉を使い低く訊ねる。

「ならばもっといっぱいにしてやろう。春日。私を、受け入れてくれるか？」

正直、もう無理だ、とは思った。狼の性器で突かれ続けた場所は熱を持ち痛いくらいだったし、幾度となく絶頂に溺れた身体もくたくたでろくに動かない。

しかし、こんなふうにハクから求められているのにいやだと言うのは、それこそいやだった。促すように中を探られ息を乱しながら、彼を真っ直ぐに見つめ返し「当然、だろ」と答える。

春日の返事を聞き、ハクはすぐに唇へとキスをしてきた。はじめてのときとは異なり優しく、やわらかく吸われてうっとりと目を閉じる。唇はすぐに離れていったが、それでも充分すぎるほどの幸福感を覚えた。

自分はいま確かに、身体のみならず心までハクでいっぱいになっている。くちづけに酔った意識でそんなことを考えた。

「愛しているよ」

聞いたこともないほど甘ったるくそう囁かれたので二、三度頷いた。同じ言葉を返そうとしたら、その前に脚を押さえ込まれ、屹立《きつりつ》している性器を根元までひと息に埋め込まれた。

「は、あ……ッ！　あ、あッ、入って、る……ッ」

すでにぐずぐずに蕩けていた身体は、強い抵抗感もなくハクをのみ込んだ。先ほどハクが放った精液があふれる、ぐちゅ、という生々しい音が聞こえて、もう無理だと思ったはずなのに頭の中は一瞬で劣情に染まった。

これ以上注ぎ込まれたら自分はどうなるのか。もう掻き出せないくらいに深くまで、余すところなく彼の愉悦の証《あかし》を塗り込まれて、よろこびのあまりきっとおかしくなってしまう。ならばいま、いまだけは、おかしくなってしまえ。

彼の律動はこれもまた先刻とは違い優しいものだった。逞しい質量と、その動きがもたらす目の回るような快楽に、あっというまに夢中になった。

「んぅ、は……っ、あぁ……、気持ち、いい。ハク、もっと……、もっ、と、擦って」

この男はいま傷を負っているのだ、なんてことを気づかう余裕もなく、その白い肌に爪を立てて喘ぐ。春日がたどたどしく口に出した望みをハクは正確にかなえてくれた。だからさらに、もっとくれ、奥に欲しい、とうわずった声で求めた。

はしたない、欲深くてみっともない、だが、それがいい。もう何度も抱きあった、しかも狼である彼とさえ交わったのだから、いまさらなにを隠すこともないだろう。

ハクが形成する異世界の『あるべき神社』は、すっかりもとの姿に戻った。

空気は清浄に澄み、自然に背筋がぴしりと伸びる。迷路のごとく曲がりくねった階段も空を覆う烏の群も、もう現れることはない。神の心はいまそれだけ静かにあるということだ。

物騒な神社で烏を掻き分け神に決意を訴えたあの日以降も、春日は毎日山を登った。異世界の神社では祝詞を唱え、現実の『あるがままの神社』では野ウサギと戯れながらハクと語りあう。そんな充実した日々は楽しく豊かなもので、嘘偽りのないしあわせを感じた。

気をつかっているのかもう必要もないと判断したのか、黒江が神社を訪れることはなかった。作業服を着て朝から晩まで水田に出向き、泥だらけになりながら那須野とともに作業に励んでいる。その彼を誘いふたりで神社までの山道を歩いたのは七月も中旬、あの日からおよそ三週間ほどがたった、太陽の陽も眩しい晴天の朝だった。

「水面下で動いてはいたんだが、ようやく嘆願書を行政に出せた。どれだけ効果があるのかは正直わからん」

拝殿の扉へ続く階段に腰かけてそう切り出すと、隣に座っていたハクと、参道に立ったまま青空を眺めていた黒江が同時に春日へ視線を向けた。ふたりから、意味がわからない、といった目つきで見つめられて、それもそうかとひと口冷えた茶を飲んでから続ける。

「山の開発に反対する嘆願書だよ。農業被害の件とかその原因が自然破壊にある事実とか伐採の代案とか、そういうのをまとめて村のひとたちから署名を集めて、お偉いさんに提出したってこと。まあ一度で聞き入れられるとは思ってないが、とりあえずやれることからやるしかないだろ」

「え？　そうなの？　一応は村のひとである僕は署名を求められてないけど」

「いや、黒江さんって人間としての正式な戸籍とかないんじゃないのか？」

きょとんとした顔で疑問を呈されたので努めて単純に問い返したら、黒江は何度か目を瞬かせた。

それから肩をすくめ、尻尾を踏まれた犬みたいな情けない表情をして答えた。

「ああ。ないね。素人を言いくるめられる程度の偽物しかないよ。僕は街ではずっと恋人にくっついてただけだし、村ではほら吹きだから。名前を書いても効力がないとは、僕は無力だなあ」

「クロエは無力ではない」

溜息交じりに紡がれた黒江のセリフを否定しようとしたら、ハクに先を越されたのでびっくりした。

まず見つめたハクの横顔にはどこかしらに憤り、というよりは歯がゆさのようなものが滲んでいて、次に目を向けた黒江は春日よりよほど驚いたらしく口を開けている。

少ししてからじわりとハクの心境を理解して、なんだか感動を覚えた。顔を合わせれば喧嘩ばかりしていたひとりぼっちの神の眷属とかつての仲間は、もうむかしと等しく一対の大神様なのだ。だから無力なわけがない、少なくともハクはそう考えているのだろう。

黒江はしばらくぽかんとしていたが、それから穏やかに笑って「ありがとう」とだけ告げた。彼も春日と同様にハクの言わんとしていることが理解できたようだ。彼らが交わしたほんの短いやりとりに、聞いている春日のほうが心があたたまる感じがした。

「春日の言う嘆願書とやらがどういうものなのか、詳細は私にはわかりかねる。説明してくれ。誰かの指摘通り、私は山にこもりきりでなにも知らないのでね」

素直な感謝を示されて戸惑ったのか、ハクは不自然なまでの仏頂面で、いつか黒江から浴びせられた嫌みをほぼその意味のまま自らの声にした。しかし彼の口調には毒も怒りもなく、むしろ近しさ、親しさといったものが少なからず含まれているように思われた。

ありがとう、黒江からのそのひと言に、ハクは単に照れたのだ。くすぐったくなったのだ。だから不器用極まりない言葉を返すことしかできなかったのだろう。そう考えたら、たまらない愛おしさがこみあげてきた。

子どもみたいに素直で可愛らしい男だなと感じたことは幾度かあったが、こんなふうに照れたりもするなんて知らなかった。本当に、その長くて真っ白な髪をぐしゃぐしゃと掻き回してやりたくなるくらいに、可愛い。

「春日くんは、村のひとたちを味方につけて、現在山の木々を伐採してる権力に真っ向から意見しましたと言ってるんだよ。ハクは混同してるかもしれないけど、自然を破壊してるのは村じゃない。むしろ村はそのせいで被害を受けて困ってる立場だ。代替案を出したのは、全部丸く収めたいってこと」

さてではどう説明したものかと春日が首をひねっていると、黒江がさらさらとそう告げた。なるほどこの男は山のことも村のこともよく知っているのだなと内心感心する。ならばハクと対をなす大神様は確かに無力ではない。というより山にとっても村にとっても、そしてまたハクにとっても頼もしい存在であると思う。

ハクはしばらく黙ってから、春日にでもなく黒江にでもなく鳥居の向こうに視線を向けて言った。

「村の人間が山にとっての害悪ではないことと、春日が山と村を、ひいてはすべての人間をつなぐための努力をしていることは、わかった」

「うん。まあ、それで合ってるかな。ハクにしては理解が早い」

「クロエは私を幼子と勘違いしていないか？　これでも長く生きているのだが」

ハクの言葉に、その通りあんたは素直で純真な幼子みたいだぞ、と頭の中だけで意見した。口には出さずにちらと黒江を見ると、同じようなことを考えたらしいいたずらな視線が返ってきた。五十年ものあいだ仲違いをしていたとしても、彼らは決して互いを嫌悪しているわけではなかったのだろう。

いつかも思ったことをはっきりと空気で感じて心嬉しくなる。

「春日の思いや努力は、神にも、この山に暮らすものたちにも伝わる。いや、すでに幾ばくかは伝わっているはずだ。我々は心なきいきものではない。と同時に人間も心なき存在ではないな、私はもう少し早くそれに気づくべきだったたか」

春日と黒江の目だけでの会話には気がついていないらしく、ハクは前を見つめたまままそう告げた。

相変わらずの真っ直ぐな、曇りのないセリフに胸を打たれたのは春日だけではないと思う。

この山に住まう大神様は、清く美しいのだ。何度も受けたそんな感慨に改めて心を占められた。

「春日と愛しあうようになってから、私も山のものたちに思いを語りかけている。愛という感情を彼らにも知ってもらいたい。すぐにとはいかずとも、いずれは理解されよう。そうすれば我々と人間がともにあれる世界を作るのも、ただの夢物語ではなくなる」

「ねえハク。僕は時々君のことが羨《うらや》ましくなるんだけど、わかる？　僕ももう少し早く君と、ちゃんと話をするべきだったか。でも君、いつでも喧嘩腰だったからなあ」

「クロエがそれを言うのか。喧嘩腰だったのはおまえも同様だ。春日がいなければ私はおまえと顔を合わせてもいなかった。ならば教えてやるが、おまえは回りくどくて嫌みたらしいんだ」

「じゃあ君は直球で口が悪いね」

ぽんぽんと交わされる言葉は悪友とのじゃれあいみたいなものらしく、険悪さはうかがえなかった。とはいえ穏やかでもない会話を黙って聞いているわけにもいかず、春日が「おい、喧嘩すんな」と口を挟むと、彼らは顔を見あわせて同時に溜息をついた。

とりあえず、ふたりの大神様に、大雑把にでも現状を説明することはできた。神社で話をしたのは神にも聞こえるようにという意図があるから、それもかなっているといい。農業と等しく結果がすべてとはいえ、過程も伝えておいたほうが彼らも納得しやすいだろう。

「ま、これでおれの話は終わりだ。大した進展じゃないが、おれがなにをしてるかあんたらにはちゃんと報告する。黒江さん、忙しいのに連れてきて悪かったたな」

階段に腰かけたままそう言うと、黒江はにっこり笑って先ほどと同じように「ありがとう」とだけ告げた。春日の詫びに対して、別に構わないよ、ではなく彼が礼を述べたのは、頑張ってくれてありがとう、気をつかってくれてありがとう、教えてくれてありがとうという意味だと思う。

「クロエもあちらの神社へ行くか？　春日の祝詞は心地よい。私とともに聞いていけばいい」

ハクの素っ気ない誘いにもまたにこりと笑みを浮かべ、黒江は実に軽やかな口調で答えた。

「僕はこれから農作業だから遠慮しよう。ハクが山に属するというのなら、僕はあくまでも、村の人間として生きるよ。共存するなら両方から行く末を見守るほうが都合がいい」

黒江の言い分にハクは無言で考える様子を見せ、それから「理解した」と答えた。そして再びしばらく黙ったあと、今度は僅かばかりやわらかな口調で、背を向けた黒江にこう声をかけた。

「たとえいまはクロエのそばにはいないのだとしても、おまえの愛した菫はどこかで美しく咲いているか」

ハクの問いに対して、黒江はすぐには返事をしなかった。鳥居の向こうに視線を向けたままその場で足を止め、言葉に迷っているのかハクと等しくしばらく口を閉ざす。

優しい風が吹いて黒江の黒髪を揺らした。彼の後ろ姿は普段同様に綺麗で、またいつもとは異なり少しさみしげに見えた。

「とうに枯れて土に還《かえ》ったよ」

長い間を置いてから振り返りもせず最後にそう言い残し、ひらひらと片手を振って黒江は神社から去っていった。彼の表情は、階段に座っている春日には見えなかった。隣にいるハクにも認めることはできなかったろう。

おまえの愛した菫。そういえばはじめてこの村に来た日、農作業の帰り道に畦のわきで摘んだのだと言って、黒江は菫を持ち那須野の屋敷へ戻ってきた。泥に汚れた作業服を身につけた男の手に可愛らしい花が咲いている様子は少々おかしくも感じられたが、この男には妙に似合うな、そんなふうにも思った。

いつかの夜ふたり倉の裏で煙草を吸いながら彼は、人間に恋をして神に追放されたという話を春日に聞かせた。そして、残念ながら恋人はもう死んでしまったけれどね、とも告げた。

ならば菫はきっとその恋人に関係がある花なのだ。そう察しはしたが、そっとうかがったハクの横顔にどこか切なげな表情が浮かんでいたので、問うのはやめた。

大神様と人間とではときの感覚が異なる、すなわち寿命が違うというような意味のことを、出会って間もないころにハクは言った。五十年をひととしてすごした黒江の姿を見ていてもそれはわかる。彼らは年を取らない、あるいはひとよりもずいぶんとゆっくり生きているのだろう。

人間と恋をした大神様がなにをどうしても相手を先に失うのは、運命みたいなものか。さみしそうな黒江の後ろ姿が蘇り、ではハクはどうなのか、そこまで想像したところで思考を止めた。いまぐちゃぐちゃとそんなことを心配していたってしかたがない。

「なあハク。おれ今日から、あっちの神社へ行く前に、ちょっとずつこっちの神社も掃除したい。いいか？」

努めて明るく訊ねると、鳥居の向こうを眺めていたハクが隣の春日に目を向けて答えた。

「こちらの？　別にこの状態でもいっこうに構わないが。現実の神社はあるがままの姿であればいいだろう。神はここのことまで気にしてはいないよ」

「そのうち村のひともここへお参りに来るようになるよ。そのときあんまりにも草ぼうぼうだとしょんぼりするだろ。鳥居も狛犬も拝殿もまだまだしっかりしてるんだから、掃除さえすりゃ結構綺麗になるぞ。どうせならみんなが大神様を素直に敬える格好いい神社にしたいんだよ、おれは」

　春日の言葉が想定外だったのかハクは二、三度目を瞬かせた。それから「ひと、か」と呟き、愉快そうに笑って続けた。

「こちらの神社で神と人間をつなぐ祝詞を唱えるおまえの姿は、格好いいか？」

「そりゃ、本職だからな。とびきりに格好いいぞ、あんたも惚れ直すだろうよ」

「これ以上おまえに惚れられるというのならば、見てみたいものだな」

　ハクらしい楽しげな表情と、人間の参拝など邪魔だ、と一蹴されなかったことにまずはほっとした。次に、これ以上おまえに惚れられるというのならば、なんて、揶揄なのだか強烈な口説き文句なのだかわからないセリフに全身がむずむずした。この男はときに平気でこういうことを言うのだから参ってしまう。

　とりあえず大神様の許可は下りたらしいので、さっそくリュックサックから軍手とゴミ袋を取り出した。さてではこの境内をどこから綺麗にしたものか。はじめて訪れたときに感じた通り雰囲気はよいし空気も清い、とはいえ最低限にしか維持されていないのは事実だから、ここをぴかぴかにするには相当の根性がいる。

　などと悩んでいる暇があるのなら、とりあえずはこの雑草と戦うべきだ。こいつをやっつけないと箒もかけられない。階段に座り春日の様子を眺めているハクの前で両手に軍手をはめ、雑草があちらこちらに顔を出している石畳の参道にしゃがみ込む。

　異世界の神社で神に祝詞を奏上したあの日以来、再び戯れるようになった野ウサギが鳥居の向こうからこちらをうかがっていたので、「おいで」と声をかけた。すぐにひょこひょこと寄ってきたウサギと時々遊びつつ、鳥居の前から順に雑草を抜いていく。

　七月の太陽に照らされ、せっせと手を動かしているうちにじわじわと汗ばんできた。山中なので街に較べればだいぶんと涼しいが、夏なのだから暑いものは暑い。これは夏子に頼んで明日から水筒を追加してもらったほうがいいかもしれない、なんてことを頭の隅で考える。

　そのとき、不意に手ぬぐいが頭上からひらりと首筋のあたりに降ってきたので驚いた。さらには、いつのまに近寄ってきていたのかハクが、なんのためらいもないように春日の目の前に屈《かが》み込んだものだから、ますますびっくりした。

　真っ白な手が春日にならい雑草を抜いていくさまを、ぽかんと口を開けて見ていると、からかう口調でハクが声をかけてきた。

「手伝おう。おまえひとりに任せておいたら、陽射しで倒れるか無駄に月日が流れる。おまえは心は強くとも、見ている限り体力に関しては褒めてやれるほどではないのでね」

「ば、かなこと、しなくていい。あんたは神の眷属なんだぞ、偉そうにそこらに座ってろ。大神様が草むしりなんて、あほか」

なんとか言い返しはしたものの、焦ったあまりおかしな抑揚になった。それが面白かったらしく、ハクは珍しいことに、はは、と声に出して笑った。

「おまえはしばしば愉快だな。伴侶の仕事を手伝ってなにが悪い？　おまえがいつか、神職である前にまず自分だと言ったのと等しく、私も大神である前にただ私だ」

手を動かすのも忘れ、まじまじとハクの美貌を見つめた。この男は本当に真っ直ぐで綺麗な心を持っている。くり返し考えたことをまた改めて思い知らされるようだった。

心の底からこみあげてきた愛おしさを、声にはせずじっくりと嚙みしめる。好きだ。それこそ、神職だとか神の眷属だとかの前に、ひとりの男として、この男が好きだ。

「おまえがいたから私は愛を知った。そして気難しい神もおまえの言葉に耳を傾け、いまは山に住まうものたちも安らぎはじめている。すべてはおまえの力だ」

ハクは単調な動きで雑草を引き抜きながらそう言った。春日の視線に気づいたのかそこでふと顔を上げ、それまでとは違う優しい笑みを浮かべて続ける。

「おまえもこの山の守り神だな、春日。だから私とともにここにいろ。おまえが死ぬまで私がそばにいてやる」

「……おれは、……当たり前だろ、ずっとここにいる」

怯まずぴしりと返事をしようとしたのに、先ほどのハクと黒江のやりとりを思い出して危なっかしく声が揺れた。おまえが死ぬまでとハクは言うが、寿命が違う以上は同じ言葉が返せない。

そんな春日の心情を正確に察したらしく、ハクは穏やかな口調でこう告げた。

「春日の命の灯火《ともしび》は、私より早く消える。ならばおまえが少しもさみしさを覚えないよう私が最期《さいご》まで見届けてやるから不安になるな。おまえが菫のごとく枯れて土に還ろうと、私の伴侶はおまえだけだ。だから、なにも心配せずに私のそばで生をまっとうしてくれ」

なんの嘘もないのだろう彼の言葉に、胸がいっぱいになって泣きたくなった。いまこの心を充たしている感情は、安心感というものだと思う。こんなふうに感じるのはハクにとっては残酷なのか、そうは考えても、勝手に足もとから這いあがり全身に広がっていく安堵は否定できなかった。

いつか年老いて朽ちるとき、愛おしいひとが手を握っていてくれるというのならば、怖いものなんてない。なんでもできる、どのようにでも生きられる、それこそが強い力になる。

神と対峙した異世界の神社から無事に戻った『あるがままの神社』の拝殿で、ハクは春日を抱きしめながら、おまえを失えば私は生きていられない、おまえのいない世界などいらないと告げた。私は弱くなったのか、とも言った。あのときからおそらく彼は熟考し、もうあんなセリフは口に出すまいと決めたのだと思う。

それはもちろん春日のためにだ。春日が困らないよう、哀しまないよう、しあわせを感じ迷わず強くあれるよう、彼はおのが不安を心の底に封じた。

愛するものがしあわせであれば自分もしあわせなのだと、いつだったか彼に説明した。

人間は先に死ぬ、それは大神様にしてみれば厳しい事実であるはずだ。黒江の背を見送り複雑な顔もしたこの男は、しかしいま、春日の前ではいっさいの悲哀を見せない。愛するものが最後まで曇りのない幸福を味わえるよう、笑って見守り見送る覚悟はできているから安心して生きろ、彼は伴侶にそう告げているのだ。それは、ハクの強さだ。

「……じゃあ、おれのこれからの命はあんたと、あんたの住まいである神社のために使ってやろう」

格好をつけて余裕の笑みでも浮かべたかったが、言いながら泣き笑いの表情になった。ハクは甘い眼差しでその春日を見つめ、それからふっと空に視線を向けた。

つられて目を上げると、大きな鳥がふわりと飛んできて鳥居の上に止まるのが視界に入った。鳥は少しのあいだそこで境内を眺めたのちに、現れたときと同様やわらかな風のごとく優雅にどこかへと飛び去っていった。

様子を見に来たか。いつだったか黒江が呟いた言葉と似たようなことを思った。声は発さずハクと眼差しを交わして、すぐに目を下ろしふたりで雑草を抜く作業に戻る。

大丈夫だ。神様、そこで見ていろ。黙々と手を動かしながら心の中で再度決意を強固にした。

自分はハクにしあわせと愛を教え、また、教わった。いま両のてのひらにはそれらのもたらす強い力がある。だから神たる山も、ひとも、もちろんハクや黒江のこともこの手で必ず守ってやろう。

あとがき

こんにちは。真式《ましき》マキです。

拙作をお手に取っていただき、ありがとうございます。

今回は、獣＋異世界ものにチャレンジしてみようと、うんうん唸《うな》りながら書きました。内容を大雑把にまとめますと、都会で暮らしていた青年が神職として村に呼ばれ、はじめは戸惑うものの、山に住まう神の眷属《けんぞく》に出会い次第に自らの役割に気づいていく、というものになっています。愛やさみしさ、楽しい、嬉《うれ》しい、しあわせ、そんな感情を見つめ直して、教え、学びあう、優しい話でもあります。（一方で頑張ってバトル？　もします）

一冊の本としてはほどよきところでエンドとなっていますが、そののちも神主様と大神様のふたりでより豊かな感情を学び、強さを身につけ、あたたかなしあわせを味わってほしいと思います。お読みくださいました皆様にも、同じように感じていただけましたら嬉しいです。

兼守美行《かねもりみゆき》先生、美しく麗しいイラストをありがとうございました！　頭の中にいたキャラクターたちや、思い描いていた景色に、イメージ通りの姿を与えていただき感動しています。お忙しい中、本当にありがとうございました。

また、担当編集様、いつもご指導をありがとうございます。ご迷惑をおかけしてばかりですが、今後ともどうぞよろしくお願いいたします。

最後に、ここまでお目を通してくださいました皆様、心より、ありがとうございました。よろしければ、ご意見、ご感想などお聞かせいただけますとさいわいです。

それでは失礼いたします。

またお目にかかれますように。

真式マキ

月の旋律、暁の風《つきのせんりつ、あかつきのかぜ》

かわい有美子
イラスト：えまる・じょん

本体価格870円+税

奴隷として異国へ売られてしまったルカは、逃げ出したところを、ある老人に匿われることに。翌日には老人の姿はなく、かわりにいたのは艶やかな黒髪と銀色に煌めく瞳を持つ美しい男・シャハルだった。行くところをなくしたルカは、彼の手伝いをして過ごしていたが、徐々にシャハルの存在に癒され、心惹かれていく。実はシャハルはかつてある理由から老人に姿を変えられ地下に閉じ込められてしまった魔神で、そこから解き放たれるにはルカの願いを三つ叶えなければならなかった。しかし心優しいルカにはシャハルと共に過ごしたいという願いしか存在せず……？

リンクスロマンス大好評発売中

墨と雪《すみとゆき》

かわい有美子
イラスト：円陣闇丸

本体価格870円+税

警視庁の特殊犯捜査係に所属する篠口雪巳は、キャリアの黒澤一誠と長らく身体の関係を続けていた。同じＳＩＴに所属する明るい性格の遠藤に惹かれ、想いを寄せていた篠口だったが、その想いは遠藤に恋人が出来ることによって散ることとなった。その後もたびたび黒澤と身体を重ねる日々を送っていた篠口だったが、突然何者かに拉致されてしまう。監禁される中、黒澤の自分に対する言動に思いをはせる篠口だったが……。

蒼空の絆
そうくうのきずな

かわい有美子
イラスト：稲荷家房之介

本体価格870円+税

大国N連邦との対立が続くグランツ帝国、その北部戦線を守る空軍北部第三飛行連隊一通称『雪の部隊』に所属するエーリヒは、『雪の女王』としてその名を轟かせるエースパイロットであり、国家的英雄のひとりでもある。そんなエーリヒの司令補佐官を務めるのは、幼少の頃よりエーリヒを慕う寡黙で忠実な男・アルフレート中尉。厳しい戦況の中、戦闘の合間のささやかで穏やかな日常を支えに、必死に生き抜こうとするエーリヒだったが、ある日の戦闘で大怪我を負ってしまう。やるせなさを感じるエーリヒに対し、アルフレートはそれまで以上に献身的な忠誠を示してくるが……。

リンクスロマンス大好評発売中

スカーレット・ナイン

水壬楓子
イラスト：亜樹良のりかず

本体価格870円+税

スペンサー王国には、スカーレットと呼ばれる王室護衛官組織が存在する。中でも、トップに立つ九名は“スカーレット・ナイン”と呼ばれ、ナインに選ばれた者は、騎士として貴族の位を与えられてきた。そんなナインの補佐官を務める、愛想はないが仕事は的確にこなすクールな護衛官・緋流は、ある日突然、軍隊仕込みの新入り射撃の名手・キースとバディを組まされることになる。砕けた雰囲気のキースに初対面で口説かれ、苛立ちを覚える緋流。身体の関係込みで自分のものにしたいと、自信満々に迫ってくるキースに、ペースを乱されてばかりの緋流だったが……。

危険な誘惑《きけんなゆうわく》

きたざわ尋子

イラスト：円之屋穂積

本体価格870円+税

戸籍が絡む犯罪を調査し摘発する組織・刑事部戸籍調査課一通称“コチョウ”の調査官として着実にキャリアを積んできた加瀬部貴広は、ある日、支局から異動してきた三歳年下の夏木涼弥とバディを組むことになった。夏木の第一印象は「気位の高い猫」。優秀でしなやかな美貌を合わせ持っていたが、愛想はなく、初日から単独行動をとる奔放ぶりを見せつけた。そんな夏木に興味を引かれた加瀬部は、楽しみながら何かと世話をやいてしまう。夏木を確実につかまえたい。加瀬部の中に抑えきれない激情が芽生え始めた頃、強力なサポートの元、夏木が秘密裏にある人物を捜していると知り……？

リンクスロマンス大好評発売中

銀の祝福が降る夜に《ぎんのしゅくふくがふるよるに》

宮本れん

イラスト：サマミヤアカザ

本体価格870円+税

狼が忌み嫌われている国・イシュテヴァルダの森の片隅で一人、狼であることを隠しひっそり暮らしてきた天涯孤独のサーシャは、働き口を探し街へ出ることに。そこで危ない目に遭っていたところ、偶然通りかかった国王・アルベルトに救われる。アルベルトは、世間をあまり知らないサーシャを城に招待し、優しく甘やかし、様々なことを教えてくれた。初めて触れる人の優しさに戸惑うサーシャだったが、国を治める重責から無理をしがちな若き国王の『癒し』になってほしいとアルベルトの側近たちに頼まれ、その役目を受け入れる。穏やかな交流を続ける中で、二人は想いを寄せ合うが……？

愛されオメガの幸せごはん

あいされおめがのしあわせごはん

葵居ゆゆ

イラスト：カワイチハル

本体価格870円+税

半獣うさぎのオメガである灯里は、ある日、縁談を持ちかけられる。相手はアルファで研究職のエリート・貴臣。あたたかな家庭を持つことが夢だった灯里が家を訪れると、そこには貴臣と、まだ幼い半獣狼の珠空がいた。貴臣は、亡くなった弟夫婦に代わり珠空を一緒に育ててくれる半獣オメガを求めているという。貴臣の真面目で誠実な人柄と珠空が懐いてくれたことで結婚を決めた灯里だが、心の距離は縮まらず、他人行儀な関係に次第に寂しさが募っていく。そんな時、灯里は発情期を迎えてしまう。「夫婦だから」と義務的に熱を鎮められ、優しいながらも恋愛感情のない行為に灯里は……？

リンクスロマンス大好評発売中

獣人騎士と幸福の稀人

じゅうじんきしとこうふくのまれびと

月森あき

イラスト：絵歩

本体価格 870 円+税

獣医の有村遙斗は愛犬のレオと共にイガルタ王国という異世界に飛ばされた。そこは狼の獣人が棲む世界で、現在原因不明の疫病が蔓延し国家存続の危機に直面しているらしい。レオは国を救う神として召喚されたらしいが、人間の遙斗は「異形の者」として獣人たちに忌み嫌われてしまう。そんな遙斗に唯一優しくしてくれたのが、騎士団長の銀狼・ブレットだった。寡黙だが真摯で誠実なブレットに守ると誓われ、遙斗は次第に心を許していく。しかしブレットが温情を向けてくれるのは、ただの任務にすぎないと思うと切なくなってしまい……。

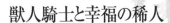

LYNX ROMANCE

イラストレーター募集

リンクスロマンスでは、イラストレーターを随時募集いたします。

リンクスロマンスから任意の作品を選び、作品に合わせた
模写ではないオリジナルのイラスト（下記各1点以上）を描いてご応募ください。
モノクロイラストは、新書の挿絵箇所以外でも構いませんので、
好きなシーンを選んで描いてください。

1 表紙用カラーイラスト

2 モノクロイラスト（人物全身・背景の入ったもの）

3 モノクロイラスト（人物アップ）

4 モノクロイラスト（キス・Hシーン）

募集要項

＜応募資格＞

年齢・性別・プロ・アマ問いません。

＜原稿のサイズおよび形式＞

◆Ａ４またはＢ４サイズの市販の原稿用紙を使用してください。
◆データ原稿の場合は、Photoshop（Ver.5.0 以降）形式でＣＤ－Ｒに保存し、出力見本をつけてご応募ください。

＜応募上の注意＞

◆応募イラストの元としたリンクスロマンスのタイトル、あなたの住所、氏名、ペンネーム、年齢、電話番号、メールアドレス、投稿歴、受賞歴を記載した紙を添付してください（書式自由）。
◆作品返却を希望する場合は、応募封筒の表に「返却希望」と明記し、返却希望先の住所・氏名を記入して返送分の切手を貼った返信用封筒を同封してください。

＜採用のお知らせ＞

◆採用の場合のみ、６カ月以内に編集部よりご連絡いたします。
◆選考に関するお電話やメールでのお問い合わせはご遠慮ください。

宛先

〒151-0051 東京都渋谷区千駄ヶ谷４－９－７
株式会社　幻冬舎コミックス
「リンクスロマンス　イラストレーター募集」係

この本を読んでの
ご意見・ご感想を
お寄せ下さい。

〒151-0051
東京都渋谷区千駄ヶ谷4-9-7
(株)幻冬舎コミックス　リンクス編集部
「真式《ましき》マキ先生」係／「兼守《かねもり》美行《みゆき》先生」係

リンクス ロマンス

愛《あい》を言《こと》祝《ほ》ぐ神主《かんぬし》と大神《おおかみ》様《さま》の契《ちぎ》り

2019年10月31日　第1刷発行

著者……………真式《ましき》マキ
発行人…………石原正康
発行元…………株式会社　幻冬舎コミックス
〒151-0051　東京都渋谷区千駄ヶ谷4-9-7
TEL 03-5411-6431（編集）
発売元…………株式会社　幻冬舎
〒151-0051　東京都渋谷区千駄ヶ谷4-9-7
TEL 03-5411-6222（営業）
振替00120-8-767643
印刷・製本所…株式会社　光邦
検印廃止

ISBN978-4-344-84552-7 C0293
Printed in Japan

幻冬舎コミックスホームページ　http://www.gentosha-comics.net